Yasmina Khadra
Die Schwalben von Kabul

Yasmina Khadra

Die Schwalben von Kabul

Roman

Aus dem Französischen
von Regina Keil-Sagawe

Aufbau-Verlag

Die Originalausgabe ist unter dem Titel
»Les hirondelles de Kaboul«
2002 bei den Éditions Julliard in Paris erschienen.

ISBN 3-351-02968-3

1. Auflage 2003

Einbandgestaltung Wulf Winckelmann, visàvis, Wiesbaden
Druck und Binden GGP Media, Pößneck
Printed in Germany

www.aufbau-verlag.de

Am Ende der Welt entfaltet ein Tornado sein Zottelgewand im Gruseltanz einer Hexe in Trance; bei allem Toben vermag er kaum den Staub aus den beiden verdorrten Palmen zu schütteln, die wie Arme eines Gefolterten gen Himmel ragen. Eine drückende Hitze hat das bißchen kühlenden Hauch, den die Nacht im Wirrwarr ihres Rückzugs hätte hinterlassen können, längst absorbiert. Seit dem Ende des Vormittags hat nicht ein Raubvogel genug Elan in sich verspürt, um sich über seine Beute zu erheben. Die Hirten, die ihre mageren Herden bis zum Fuß der Hügel trieben, sind verschwunden. Außer ein paar Soldaten, die in behelfsmäßigen Wachtürmen hocken, meilenweit keine Menschenseele. Tödliche Stille begleitet den Verfall, soweit das Auge reicht.

Die afghanische Erde ist nurmehr Schlachtfeld, Arena und Friedhof. Die Gebete zerstäuben im Knattern der Maschinengewehre, die Wölfe heulen Abend für Abend den Tod an, und der Wind, wenn er sich erhebt, überantwortet das Lamento der Bettler dem Krächzen der Raben.

Alles scheint durch einen namenlosen Fluch versengt, versteinert, zermalmt. Die Erosion mit ihrem Scharreisen schürft und schrammt und bricht den nekrotischen Boden auf, pflastert ihn zu und errichtet ungestraft die Stelen ihrer stillen Gewalt. Dann, ohne Vorwarnung, am Fuß der Berge, die der glutheiße Wind gnadenlos kahlrasiert hat, taucht plötzlich Kabul auf … oder das, was davon noch übrig ist: eine Stadt im Zustand fortgeschrittener Verwesung.

Nichts wird mehr wie früher sein, scheinen die zerklüfteten Straßen zu sagen, die schorfigen Hügel, der weißglühende Horizont und das Klicken der Gewehre. Der Zerfall der Stadtmauern hat die Herzen angesteckt. Der

Staub hat die Obstgärten niedergedrückt, den Blick benebelt und den Geist verhärtet. Mancherorts verleiht das Surren der Fliegen, der Gestank der verendeten Tiere dieser Trostlosigkeit etwas Unabänderliches. Als ob die Welt am Verrecken wäre, als ob der Krebs, der sie zerfrißt, beschlossen hätte, von *hier*, dem Paschtun, auszugehen, während die Wüste unerbittlich vorwärtskriecht, durch das Bewußtsein und die Seelen der Menschen.

Niemand glaubt mehr an ein Regenwunder, an des Frühlings Feenzauber oder gar eine neue Morgenröte. Die Menschen sind wahnsinnig geworden; sie haben sich vom Tag abgewandt, um der Nacht ins Antlitz zu blicken. Die Schutzheiligen haben ausgedient, die Propheten sind tot, ihr Geist gekreuzigt auf Kinderstirnen …

Und doch war es hier, inmitten stummen Gerölls und schweigsamer Gräber, versengter Böden und verdorrter Herzen, wo sich unsere Geschichte zutrug, so wie sich die Seerose auf den modernden Wassern des Sumpfes entfaltet.

1.

Atiq Shaukat verteilt Peitschenhiebe, um sich einen Weg durch die zerlumpte Menge zu bahnen, die wie welkes Laub zwischen den Marktständen trudelt. Er ist spät dran, doch es ist unmöglich, schneller vorwärtszukommen. Man könnte meinen, man sei in einem Bienenstock; die Schläge, die er schwungvoll austeilt, regen hier niemanden auf. Es ist Markttag, und die Leute sind außer Rand und Band. Atiq schwirrt der Kopf. Die Bettler strömen aus allen Winkeln der Stadt herbei, in immer größeren Scharen, und machen Schaulustigen und Karrenschiebern das letzte freie Fleckchen streitig. Die Ausdünstungen der Lastenträger und der scheußliche Gestank der verdorbenen Ware erfüllen die Luft, während die Hitze unerbittlich auf den Platz niederknallt. Einige Frauen, mundtote Gespenster in schmutzstarrenden Tschadris, klammern sich an den Passanten fest, strecken flehentlich die Hand aus, heimsen hier eine Münze, dort einen Fluch ein. Wenn sie gar zu hartnäckig sind, kann es passieren, daß ein Lederriemen sie brutal in die Flucht schlägt. Nach kurzer Pause gehen sie erneut zum Angriff über, unerträgliche Litaneien psalmodierend. Andere, umringt von Kindern, in deren Nasenlöchern die Fliegen surren, lauern zwischen zwei Klagen jener faulen Zwiebel oder Tomate auf, die ein wachsamer Kunde in den Tiefen seines Korbes aufspüren könnte.

»Geht weiter!« schreit ihnen ein Händler zu und fuchtelt wütend mit einer langen Stange über ihren Köpfen herum, »ihr lockt das Unglück und jede Menge Ungeziefer an meinen Stand.«

Atiq Shaukat sieht auf die Uhr. Seine Kiefer verkrampfen sich vor Wut. Der Scharfrichter dürfte vor reichlich zehn Minuten eingetroffen sein, und er hängt noch immer hier auf der Straße fest. Aufgebracht beginnt er wieder um sich zu schlagen, um die Menschenflut zu teilen, attackiert vergebens eine Gruppe von Greisen, die seine Peitschenhiebe ebenso gleichgültig hinnehmen wie die Schluchzer eines kleinen in der Menge verlorenen Mädchens, dann, die Bresche nutzend, die ein vorbeifahrender Laster geschaffen hat, gelingt es ihm, sich zu einer Gasse durchzuschlängeln, in der weniger Getriebe herrscht, und eilig humpelt er auf ein Gebäude zu, das seltsam aufrecht aus lauter Trümmern ragt. Es handelt sich um eine alte, ihrer Bestimmung enthobene Krankenstation, die längst von Poltergeistern geplündert wurde und den Taliban dann und wann als Gefängnis dient, wenn im Viertel eine öffentliche Hinrichtung ansteht.

»Wo hast du denn gesteckt?« donnert ein beleibter Bärtiger, der an seiner Kalaschnikow herumhantiert. »Ist schon eine Stunde her, daß ich jemanden losgeschickt habe, dich zu suchen.«

»Entschuldige bitte, Qassim Abdul Djabbar«, antwortet Atiq, ohne stehenzubleiben, »ich war gar nicht zu Hause.«

Dann fügt er verdrossen hinzu:

»Ich war im Krankenhaus. Ich mußte dringend meine Frau dort hinbringen.«

Qassim Abdul Djabbar brummelt, kein bißchen überzeugt, und macht ihm mit dem Finger auf dem Zifferblatt klar, daß alle nur auf ihn gewartet haben. Atiq zieht den Kopf ein und nimmt Kurs auf das Gebäude, wo ihn bewaffnete Männer beiderseits des Portals hockend erwarten. Einer von ihnen steht auf, klopft sich den Staub vom Hinterteil, geht auf einen Kleinlaster mit abgedeckter Plane zu, der etwa zwanzig Meter entfernt steht, springt in die Fahrerkabine, läßt den Motor aufheulen und rollt im Rückwärtsgang bis vor die Gefängnistür.

Atiq Shaukat windet einen Schlüsselbund unter seiner

langen Weste hervor und stürzt in den Kerker, dicht hinter sich zwei in ihre Tschadris gemummte Milizionärinnen. In einem Winkel der Zelle, gerade da, wo durch eine Luke ein wenig Licht einfällt, beendet eine verschleierte Frau ihr Gebet. Die beiden Milizionärinnen bitten den Wärter, sich zurückzuziehen. Als sie allein sind, warten sie, bis die Gefangene sich erhebt, treten zu ihr, herrschen sie an, sich gerade zu halten, und beginnen unsanft, ihr Arme und Schenkel zu fesseln, dann, nachdem sie sich überzeugt haben, daß die Stricke straff sitzen, werfen sie ihr einen großen Jutesack über und stoßen sie vor sich her in den Korridor. Atiq, der im Eingang wartet, gibt Qassim Abdul Djabbar ein Zeichen, daß die Milizionärinnen kommen. Der befiehlt seinen Männern im Hof, Platz zu machen. Ein paar Passanten versammeln sich in stummer Neugier gegenüber dem Gebäude. Die beiden Milizionärinnen gehen auf die Straße hinaus, packen die Gefangene bei den Achseln, schubsen sie auf die Rückbank des Kleinlasters und rutschen dicht neben sie.

Abdul Djabbar schiebt die Ladeklappe hoch und läßt die Verriegelung einrasten. Nach einem letzten vergewissernden Blick auf die beiden Milizionärinnen und die Gefangene klettert er auf den Beifahrersitz und stampft einmal mit dem Gewehrkolben auf, das Signal zum Abmarsch. Alsbald fährt der Kleinlaster los, gefolgt von einem bulligen Geländewagen mit Blinklicht, in dem sich zerlumpte Milizionäre drängen.

Mohsen Ramat zögert lange, ehe er sich entschließt, sich unter die Menge auf dem Platz zu mischen. Man hat die öffentliche Hinrichtung einer Prostituierten angekündigt. Sie soll gesteinigt werden. Einige Stunden zuvor sind Arbeiter gekommen, haben am Ort des Geschehens Schubkarren voller Steine abgeladen und eine kleine, einen halben Meter tiefe Grube ausgehoben.

Mohsen hat schon mehrere Lynchaktionen dieser Art miterlebt. Erst gestern sind zwei Männer, von denen der eine fast noch ein Knabe war, am Ende eines Kranwagens erhängt und nicht vor Einbruch der Dunkelheit wieder abgenommen worden. Mohsen verabscheut diese öffentlichen Hinrichtungen. Sie machen ihm bewußt, wie zerbrechlich er ist, führen ihm schmerzlich die Endlichkeit des Daseins vor Augen; schlagartig wird ihm klar, wie vergänglich die Dinge und die Lebewesen sind, und nichts versöhnt ihn mehr mit den Gewißheiten von einst, da er die Augen nur zum Horizont hob, um ihn für sich einzufordern. Als er zum ersten Mal einer Hinrichtung beiwohnte – der Erdolchung eines Mörders durch einen Verwandten des Opfers –, hat ihn das krank gemacht. Nächtelang zuckten alptraumhafte Visionen durch seinen Schlaf. Mehrmals wachte er laut schreiend auf, lauter schreiend als ein Besessener. Dann, während die Schafotte täglich stabiler wurden und die Schar der Sündenböcke immer größer, so daß die Leute von Kabul begannen, sich allein beim Gedanken an die mögliche Verschiebung einer Exekution zu ängstigen, verschwanden Mohsens Träume. Sein Gewissen ist verstummt. Er schläft ein, kaum daß er die Augen geschlossen hat, und wacht erst morgens wieder auf, mit einem Kopf so leer wie ein Krug. Der Tod ist für ihn und die anderen belanglos geworden. Übrigens ist alles belanglos geworden. Außer den Hinrichtungen, die ein Trost sind für die Überlebenden, vor deren Türen die Mullahs kehren, gibt es nichts. Kabul ist das Vorzimmer zum Jenseits geworden. Ein düsteres Vorzimmer, in dem alle Orientierungsmarken gefälscht sind; ein prüder Leidensweg; eine unerträgliche Latenz, die in strengster Abgeschiedenheit verbracht wird.

Mohsen weiß nicht, wohin gehen noch was tun mit seiner freien Zeit. Seit dem Morgen bummelt er unablässig mit ausdrucksloser Miene und unschlüssigem Sinn durch verwüstete Vorstadtviertel. Früher, das heißt Lichtjahre zuvor, flanierte er abends gern über die Boulevards von Kabul. Die Schaufenster hatten zwar nichts Großartiges zu bieten, doch immerhin schlug einem niemand mit der Peitsche ins Gesicht. Die Leute gingen ihren Beschäftigungen nach und waren motiviert genug, um in ihren Fieberträumen die fabelhaftesten Pläne zu schmieden. Die Budiken waren brechend voll; Stimmengewirr ergoß sich daraus über die Gehwege wie eine Welle der Herzlichkeit. Alte Männer hockten in Korbstühlen und saugten an ihren Wasserpfeifen, die Augen von einem Sonnenstrahl gefältelt, den Fächer lässig auf dem Bauch. Und die Frauen wirbelten trotz ihrer Gitterschleier herum wie laue, duftende Brisen. Die Karawanenführer früherer Zeiten bestätigten allen, die es hören wollten, daß sie nirgends auf ihren Wanderungen ähnlich faszinierenden Huris begegnet seien. Undurchdringliche Vestalinnen von feenhafter Anmut, ihr Lachen perlender Gesang. Deshalb wurde das Tragen des Tschadri zur Notwendigkeit; es diente mehr dazu, sie vor dem bösen Blick zu beschützen denn die Männer vor grenzenloser Verzauberung zu bewahren … Wie fern sie doch ist, diese Zeit. Vielleicht entstammt sie auch nur dem Reich der Phantasie? Heute bieten die Boulevards von Kabul keine Abwechslung mehr. Die ausgemergelten Fassaden, die wer weiß welches Wunder noch aufrecht hält, bezeugen, daß die Tavernen, die Garküchen, die Häuser und Bauwerke in Rauch aufgegangen sind. Die Straßen, einst asphaltiert, bestehen nur noch aus Trampelpfaden, auf denen tagaus tagein Schlappen und Sandalen herumscharren. Die Ladeninhaber haben ihr Lächeln im Schrank verstaut. Die *tchelam*-Raucher haben sich in Luft aufgelöst. Die Männer haben sich hinter Schattenspielen verschanzt, und die Frauen sind in ihren schreck- oder fieberfarbenen Leichentüchern zu namenlosen Mumien erstarrt.

Mohsen war zehn Jahre alt, als die Sowjets das Land

besetzten; ein Alter, in dem man nicht versteht, warum die Gärten plötzlich veröden und die Tage so gefährlich wie die Nächte sind; ein Alter, in dem man vor allem nicht ahnt, wie schnell ein Unglück geschehen ist. Sein Vater war ein wohlhabender Händler. Sie bewohnten ein großzügiges Haus in der Innenstadt und empfingen regelmäßig Freunde oder Verwandte. Mohsen hat keine ausgeprägte Erinnerung an diese Zeit, doch eines weiß er gewiß: Sein Glück war damals vollkommen, nichts trübte sein sprudelndes Lachen oder widersetzte sich den Kapriolen des verwöhnten Söhnchens. Dann brach die russische Invasion mit ihrer Weltuntergangsarmee und ihrem eroberungslustigen Gigantismus über sie herein. Der afghanische Himmel, unter dem sich zuvor die schönsten Romanzen der Erde entspannen, bedeckte sich plötzlich mit gepanzerten Raubvögeln. Durch sein transparentes Blau zogen sich Spuren von Schießpulver, und die Schwalben zerstoben erschrocken im Ballett der Fernlenkgeschosse. Der Krieg war da. Er hatte eine neue Heimat gefunden …

Eine Hupe schleudert ihn zur Seite. Instinktiv führt er seinen Schesch* ans Gesicht, um sich gegen den Staub zu schützen. Abdul Djabbars Kleinlaster streift ihn, wirft beinahe einen Maultiertreiber um und braust auf den Platz, hinter ihm der bullige Geländewagen. Beim Anblick dieses Geleitzugs bricht die Menge, in der struppige Erwachsene und faunsgleiche Bengel sich um die besten Plätze balgen, in unbändiges Gejohle aus. Die Milizionäre müssen reihum Hiebe austeilen, um die Gemüter zu beruhigen.

Der Wagen hält vor der frisch ausgehobenen Grube. Während man die Sünderin aussteigen läßt, ertönen hier und da Beleidigungen. Von neuem geht eine Bewegung durch die Reihen und drängt die Unaufmerksameren nach hinten.

* Baumwollschal, der um den Hals gewunden oder zum Turban gewickelt getragen wird (A. d. Ü.).

Unempfindlich gegen die Stockhiebe, die ihn zu vertreiben suchen, nutzt Mohsen die Breschen, die die allgemeine Erregung in die Menge schlägt, um bis nach vorn durchzudringen. Als er sich auf Zehenspitzen stellt, sieht er einen kolossalen Kerl, der die unreine Frau in die Grube »pflanzt« und sie bis zu den Schenkeln mit Erde bedeckt, so daß sie nicht umfallen und sich nicht bewegen kann.

Ein Mullah wirft die Enden seines Burnusess über die Schultern zurück, mustert ein letztes Mal den Wust von Schleiern, unter dem ein Wesen seinen Tod erwartet, und donnert los:

»Manche Geschöpfe haben sich aus freien Stücken dafür entschieden, im Schlamm zu waten wie die Schweine. Dabei haben sie doch Kenntnis von der göttlichen Botschaft erlangt, haben gelernt, welch Übel aus der Versuchung erwächst, aber nicht genügend Glauben entwikkelt, ihr zu widerstehen. Elende Geschöpfe, verblendet und leichtfertig, haben einen Augenblick der Ausschweifung, der so flüchtig wie lächerlich ist, den ewigen Gärten vorgezogen. Sie haben ihre Hände aus dem leuchtenden Wasser der religiösen Waschungen gezogen, um sie in die Kloake zu tauchen, haben sich die Ohren beim Ruf des Muezzins zugehalten und nur den Zoten Satans gelauscht, haben lieber den Zorn Gottes in Kauf genommen als sich zu enthalten. Was bleibt zu sagen, außer wie groß unser Kummer und unsere Empörung sind …?« Wie ein Schwert reckt er seinen Arm der Mumie entgegen. »Diese Frau wußte genau, was sie tat. Der Rausch der Unzucht hat sie vom Pfad des Herrn abgebracht. Heute ist es der Herr, der sich von ihr abkehrt. Sie hat weder auf sein Erbarmen Anspruch noch auf das Mitleid der Gläubigen. Sie wird so ehrlos sterben, wie sie gelebt hat.«

Er verstummt, räuspert sich, entfaltet inmitten einer betäubenden Stille ein Blatt Papier.

»*Allahu akbar!*« brüllt es von hinten aus der Menge.

Der Mullah hebt gebieterisch eine Hand, um den Schreihals zum Schweigen zu bringen. Nach der Rezitation eines Koranverses verliest er etwas, das sich wie ein Urteil anhört, verstaut das Blatt in der Innentasche seiner Weste und fordert nach kurzer Meditation die Menge auf, sich mit Steinen zu bewaffnen. Das ist das Signal. In einem unbeschreiblichen Ansturm stürzen sich die Leute auf die Steinhaufen, die man einige Stunden zuvor eben zu diesem Zweck herbeigekarrt hat. Schon prasselt ein Hagel von Geschossen auf die Geknebelte nieder, die unter der Wucht der Einschläge lautlos erbebt. Mohsen hebt drei Steine auf und schleudert sie gegen die Zielscheibe. Die beiden ersten gehen unter in der allgemeinen Raserei, doch beim dritten Versuch trifft er das Opfer genau am Kopf und sieht mit einem unergründlichen Gefühl des Triumphes, wie sich ein roter Fleck an der Stelle ausbreitet, wo er getroffen hat. Nach einer Minute bricht die Gefolterte blutüberströmt zusammen und regt sich nicht mehr. Ihre Starre stachelt die Peiniger noch mehr auf, die mit verdrehten Augen und Schaum vorm Mund ihre Anstrengungen jetzt verdoppeln, als wollten sie sie wieder zum Leben erwecken, um ihre Qualen zu verlängern. Überzeugt davon, die eigenen Dämonen mit denen der Teufelin auszutreiben, merkt manch einer in der kollektiven Hysterie gar nicht, daß der zermarterte Körper auf die Angriffe nicht mehr reagiert, die geopferte Frau leblos daliegt, schon halb begraben, wie ein Sack voller Greuel, den man den Geiern zum Fraß vorwirft.

2.

Atiq Shaukat fühlt sich nicht wohl. Ihn quält das Verlangen, an die frische Luft hinauszugehen, sich auf einem Mäuerchen auszustrecken und in die Sonne zu blinzeln. Er kann keine Minute länger in diesem Rattenloch bleiben, Selbstgespräche führen oder versuchen, das Arabeskengewirr an den Zellenwänden zu entziffern. Die Kühle, die in dem kleinen Kerker herrscht, läßt ihn seine alten Wunden spüren; manchmal verkrampft sich sein Knie vor Kälte, und er kann es kaum noch beugen. Gleichzeitig hat er das Gefühl, Platzangst zu bekommen; er erträgt das Dämmerlicht nicht mehr, noch die Enge dieser Nische, die ihm als Büro dient und die voll ist mit Spinnweben und toten Kellerasseln. Er verstaut seine Sturmlampe, seine ziegenlederne Feldflasche und sein mit Samt ausgeschlagenes Köfferchen, in dem ein voluminöses Exemplar des Korans ruht, rollt seine Gebetsmatte auf, hängt sie an einen Nagel und beschließt zu gehen. Falls man ihn brauchen sollte, wissen die Milizionäre ja, wo er zu finden ist. Das Gefängnis lastet schwer auf ihm. Seit einigen Wochen geht ihm das so: Je länger er über seinen Status als Gefängniswärter nachdenkt, desto weniger verdienstvoll, geschweige denn edel erscheint er ihm. Dieser Befund ergrimmt ihn immer wieder aufs neue. Jedesmal, wenn er das Portal hinter sich schließt und sich aus den Straßen mit ihren Geräuschen zurückzieht, hat er den Eindruck, sich bei lebendigem Leibe zu begraben. Eine gespenstische Angst verwirrt seine Gedanken. Dann hockt er sich in seinen Winkel, nicht bereit, sich wieder aufzuraffen, als ob die Tatsache, daß er sich so gehenläßt, ihn mit einer Art innerem Frieden erfüllte. Holen ihn etwa seine zwanzig Kriegsjahre ein? Zweiundvierzig ist er, und schon verbraucht, sieht weder das Ende des

Tunnels noch die eigene Nasenspitze. Rutscht nach und nach in die Resignation, beginnt, an den Versprechungen der Mullahs zu zweifeln und ertappt sich manchmal dabei, daß er den Zorn des Himmels nicht mehr so recht fürchtet.

Er hat sehr abgenommen. Sein Gesicht unter dem Islamistenbart hängt schlaff herab; seine Augen haben, obwohl von Khol umrahmt, ihren scharfen Blick verloren. Das Dunkel der Mauern hat ihm seine Klarsicht genommen, die Tristesse seines Amtes hat sich ihm in die Seele gekrallt. Wer seine Nächte damit zubringt, zum Tode Verurteilte zu bewachen, und seine Tage damit, sie dem Scharfrichter auszuliefern, der erwartet nicht mehr viel von der verbleibenden Zeit. In seiner Verwirrung vermag Atiq nicht mehr zu sagen, ob der Grabeshauch, der in allen Ecken sitzt, aus dem Schweigen der beiden leeren Zellen kommt, oder ob es der Geist der Prostituierten ist, die am Vormittag hingerichtet wurde.

Er geht hinaus auf die Straße. Eine Horde Straßenjungen hetzt mit schrillem Geschrei einen streunenden Hund. Gereizt vom Gebrüll und vom Durcheinander hebt Atiq einen Stein auf und schleudert ihn auf den Bengel, der ihm am nächsten ist. Der weicht dem Geschoß geschmeidig aus und brüllt sich weiter ungerührt die Kehle aus dem Leib, um den sichtlich entkräfteten Hund vollends zu verwirren. Atiq begreift, daß er hier nur seine Zeit verliert. Diese kleinen Satansbraten werden erst Ruhe geben, wenn sie den Vierbeiner gelyncht haben, ein frühes Training für später, wenn sie auf dieselbe Weise Menschen den Garaus machen werden.

Mit seinem Schlüsselbund unter der Weste steuert er auf den Markt zu, den Scharen von Bettlern und Lastenträgern bevölkern. Wie üblich wogt die Menge zwischen ärmlichen Ständen umher und wühlt, nicht die Spur von der Hitze geschwächt, in Klamotten und altem Plunder, stets auf der Suche nach irgend etwas, zerquetscht mit knochigen Fingern das überreife Obst.

Atiq ruft einen Nachbarsjungen herbei und vertraut ihm die Melone, die er gerade gekauft hat, an:

»Bring die zu mir nach Hause. Und trödel nicht herum!« herrscht er ihn an und schwingt drohend seine Peitsche.

Der Junge nickt, schiebt sich widerwillig die Frucht unter die Achsel und strebt einem unglaublichen Gewirr von Elendshütten entgegen.

Atiq erwägt zunächst, seinen Onkel zu besuchen, einen Schuhmacher, dessen Verschlag gleich hinter dem nächsten Trümmerhaufen ist. Doch dann besinnt er sich: Sein Onkel ist eines der größten Klatschmäuler, das die Sippe je hervorgebracht hat; er würde ihn bis tief in die Nacht hinein aufhalten und ihm die ewig gleichen Geschichten auftischen, über die Stiefel, die er für die Offiziere des Königs und die Würdenträger des alten Regimes gefertigt hat. Mit seinen siebzig Jahren ist der alte Ashraf halb blind, so gut wie taub und immer wacker am Phantasieren. Wenn seine Kunden, des Zuhörens müde, sich verdrücken, merkt er das nicht einmal und redet weiter auf die Wände ein, solange, bis ihm die Puste ausgeht. Heute, wo niemand mehr kommt, um sich Schuhe nach Maß anfertigen zu lassen, und wo die wenigen Treter, die man ihm vorlegt, so heftig in Mitleidenschaft gezogen sind, daß er nicht weiß, an welchem Ende er sie anfassen soll, langweilt er sich schier zu Tode.

Atiq bleibt mitten auf dem Weg stehen und überlegt, was er mit seinem Abend anfangen soll. Außer Frage, jetzt schon nach Hause zu gehen – um da sein ungemachtes Bett vorzufinden, das in stinkendem Wasser vergessene Geschirr und seine Frau, die mit angezogenen Beinen in einem Winkel des Schlafzimmers liegt, ein schmuddeliges Tuch um den Kopf und das Gesicht violett verfärbt. Wegen ihr ist er heute morgen zu spät gekommen und hätte fast die öffentliche Hinrichtung der Ehebrecherin in Gefahr gebracht. Dabei lassen die Pfleger im Hospital sie neuerdings links liegen, seit der Arzt zum Zeichen seiner Ohnmacht die Arme ausgebreitet hat. Und wegen ihr hat er vielleicht auch plötzlich aufgehört, an die Versprechungen der Mullahs zu glauben und den Zorn des Himmels über alle Maßen zu fürchten. Nacht für Nacht hält sie ihn mit ihrem Stöhnen in Alarmbereitschaft, dem Wahnsinn nahe, um erst im Morgengrauen einzudösen, erschöpft von den Schmerzen und den Krämpfen, die sie schütteln. Tag für Tag klappert er auf der Suche nach schmerzlindernden Elixieren die übelriechenden Höhlen der Scharlatane ab. Weder der Kraft des Talismans noch der Inbrunst des Gebets ist es gelungen, der Patientin Erleichterung zu verschaffen. Sogar seine Schwester, die eingewilligt hatte, bei ihnen zu wohnen, um ihr beizustehen, ist in die Provinz Belutschistan geflüchtet und hat fortan kein Lebenszeichen mehr von sich gegeben. Sich selbst überlassen, weiß Atiq nicht mehr, wie er mit einer Situation umgehen soll, die sich nur immer verschlechtert. Wenn der Arzt schon das Handtuch geworfen hat, was bleibt dann noch außer einem Wunder? Aber ist in Kabul noch Platz für Wunder? Manchmal, wenn seine Nerven bis zum Zerreißen gespannt sind, schließt er seine zitternden Hände im Halbrund um eine *fatiha** und fleht zum Himmel, er möge seine Ehefrau abberufen. Denn wozu immer weiter leiden, wenn jeder Atemzug einen gräßlich entstellt und die eigenen Angehörigen mit Entsetzen erfüllt?

»Achtung!« brüllt es mit einemmal. »Zur Seite, Leute, zur Seite ...«

Atiq hat gerade noch Zeit, beiseite zu springen, um einem Karren auszuweichen, dem der Gaul durchge-

* (arab.) Die Eröffnende: erste Sure des Korans, die häufig als Stoßgebet und in besonderen Situationen verwendet wird (A. d. Ü.).

gangen ist. Wie toll galoppiert das Roß dem Markt entgegen, wo Panik aufkommt, wechselt dann plötzlich die Richtung und rast auf ein Zeltlager zu. Den Fuhrmann reißt es vom Bock, und er landet in hohem Bogen auf einem Unterstand. Der Gaul aber setzt seinen wilden Lauf durch Kindergeschrei und Frauengekreisch fort, ehe er hinter den Ruinen eines Heiligtums aus dem Blickfeld verschwindet.

Atiq hebt die Schöße seiner langen Weste an und klopft sich den Staub vom Hinterteil.

»Ich dachte schon, mit dir wäre es aus und vorbei«, ruft ein Mann ihm von der Terrasse eines Ladens zu.

Atiq erkennt Mirza Shah. Der bietet ihm einen Stuhl an.

»Kann ich dich zum Tee einladen, Kerkermeister?«

»Aber gerne«, antwortet Atiq und läßt sich auf den Sitz fallen.

»Du hast früher dichtgemacht als üblich.«

»Ist schwierig, sein eigener Aufpasser zu sein.«

Mirza Shah zieht eine Augenbraue hoch:

»Du willst mir doch wohl nicht weismachen, daß es keine Mieter mehr in deinen Zellen gibt.«

»Ist aber die Wahrheit. Die letzte ist heute früh gesteinigt worden.«

»Die Hure? Ich habe der Zeremonie nicht beigewohnt, aber man hat mir davon erzählt ...«

Atiq lehnt sich gegen die Mauer, verschränkt die Finger über seinem Bauch und läßt den Blick über die Trümmer dessen schweifen, was eine Generation zuvor eine der belebtesten Straßen von Kabul war.

»Du siehst ganz schön elend aus, Atiq.«

»Wirklich?«

»Springt einem, nebenbei bemerkt, gleich ins Auge. Als ich dich gesehen habe, hab ich mir sofort gesagt, tss!, dieser arme Teufel von Atiq ist gar nicht gut drauf.«

Atiq zuckt die Achseln. Mirza Shah ist sein Freund aus

Kindertagen. Sie sind zusammen in einem ärmlichen Viertel groß geworden und haben dieselben Leute und Orte gekannt. Ihre Eltern arbeiteten in einer kleinen Glasfabrik. Sie hatten zu viele Sorgen, um sich um sie zu kümmern. So war es ganz normal, daß Mirza sich mit Achtzehn in der Armee verdingte, während Atiq sich als Beifahrer bei einem Fernfahrer verdingte, ehe er eine Unzahl kleiner Jobs durchprobierte, die ihm am Tag das einbrachten, was er bei Nacht wieder los wurde. Sie verloren sich bis zu dem Tag aus den Augen, da die Russen ins Land einfielen. Mirza Shah war einer der ersten Soldaten, die von ihren Einheiten desertierten, um sich den Mudschaheddin anzuschließen. Sein Mut und seine Einsatzbereitschaft ließen ihn schnell zum *tej** aufsteigen. Atiq fand ihn an der Front wieder und diente eine Zeitlang unter seinem Kommando, bis eine Granate dem Elan seines Dschihad ein jähes Ende setzte. Er wurde nach Peshawar evakuiert. Mirza widmete sich weiter ganz dem Krieg. Nach dem Rückzug der Sowjettruppen bot man ihm verantwortungsvolle Posten in der Verwaltung an, die er aber ablehnte. Die Politik und die Macht berauschten ihn nicht. Dank seiner Verbindungen machte er ein paar kleine Betriebe auf, die ihm als Deckmantel für seine parallel getätigten Investitionen, vor allem im Schmuggel und im Drogenhandel, dienten. Die Machtergreifung der Taliban dämpfte seinen Eifer, doch sein Netzwerk blieb intakt. Er opferte bereitwillig ein paar Busse und ein wenig Kleinkram für die gute Sache, trug auf seine Weise zum Kriegsbemühen der gottgesandten Ganoven gegen seine ehemaligen Waffenbrüder bei und brachte es fertig, seine Privilegien zu bewahren. Mirza weiß, daß der Glaube des Armen nur selten dem schnellen Gewinn widersteht, und so schmiert er die neuen Herren des

* Kriegschef, Anführer (A. d. Ü.).

Landes und verlebt stille Tage im Herzen des Orkans. Mehr als einmal hat er seinem Freund aus alten und neuen Tagen angeboten, für ihn zu arbeiten. Atiq findet jedesmal eine Ausrede, er zieht es vor, ein kurzes Leben lang zu darben als in Ewigkeit büßen zu müssen.

Mirza läßt seine Gebetskette über einem Finger abrollen und betrachtet aufmerksam den Freund. Verlegen starrt der auf seine Fingernägel.

»Was liegt dir denn im Magen, Kerkermeister?«

»Das frag ich mich auch.«

»Hast du deshalb vorhin Selbstgespräche geführt?«

»Vielleicht.«

»Hast du etwa niemanden, mit dem du reden kannst?«

»Ist das denn nötig?«

»So wie die Dinge liegen, anscheinend schon. Du warst so in deine Sorgen vertieft, daß du das Fuhrwerk nicht hast kommen hören. Ich habe mir gleich gesagt, Atiq ist dabei, den Verstand zu verlieren, entweder er brütet einen ungeheuerlichen Staatsstreich aus …«

»Gib acht, was du redest«, unterbricht Atiq ihn unwirsch. »Man könnte dich beim Wort nehmen.«

»War doch nur ein Scherz.«

»In Kabul wird nicht gescherzt, das weißt du ja wohl.«

Mirza tätschelt ihm besänftigend den Arm.

»Wir waren einmal dicke Freunde, als Kinder. Hast du das vergessen?«

»Draufgänger haben kein Gedächtnis.«

»Wir hatten keine Geheimnisse voreinander.«

»Heute ist das nicht mehr möglich.«

Mirzas Hand verkrampft sich.

»Was ist denn heutzutage anders, Atiq? Nichts, absolut nichts. Es sind noch immer dieselben Waffen in Umlauf, dieselben Gesichter, die man aufsetzt, dieselben Hunde, die bellen, und dieselben Karawanen, die weiterziehen. Wir haben immer auf diese Weise gelebt. Der König ist fort, eine andere Gottheit hat ihn ersetzt. Gewiß, in den Wappen haben sie die Symbole ausgetauscht, doch der Amtsmißbrauch ist derselbe geblieben. Machen wir uns doch nichts vor. Die Mentalität ist dieselbe wie vor Jahrhunderten. Wer darauf wartet, am Horizont eine neue Ära heraufziehen zu sehen, verliert nur seine Zeit. Seit die Welt sich dreht, gibt es die, die damit leben, und die, die sich weigern, das anzuerkennen. Weise ist gewiß jener, der die Dinge nimmt, wie sie kommen. Der hat es begriffen. Und auch du mußt begreifen. Du fühlst dich schlecht, weil du nicht weißt, was du willst, das ist alles. Und Freunde sind dazu da, dir zu helfen, klar zu sehen. Wenn du glaubst, daß ich noch immer dein Freund bin, dann vertrau mir ein wenig von deinem Kummer an.«

Atiq seufzt tief auf. Er zieht seinen Arm aus Mirzas Hand zurück, sucht in seinen Augen nach Beistand, gibt nach kurzem Zögern schließlich nach:

»Meine Frau ist krank. Der Arzt sagt, daß sich ihr Blut sehr schnell zersetzt und es für ihre Krankheit keine Heilung gibt.«

Mirza verschlägt es einen Moment lang die Sprache bei dem Gedanken, daß ein Mann mitten auf der Straße von seiner Frau sprechen kann, dann streicht er sich über seinen hennagefärbten Bart, schüttelt den Kopf und sagt:

»Ist es nicht der Wille des Herrn?«

»Wer würde es wagen, sich dagegen aufzulehnen, Mirza? Ich jedenfalls nicht. Ich akzeptiere ihn vorbehaltlos, in grenzenloser Demut, doch ich bin allein und hilflos. Ich habe niemanden, der mir zur Seite steht.«

»Nichts leichter als das: verstoß sie doch einfach.«

»Sie hat keine Familie«, erwidert Atiq naiv, weit davon entfernt, die wachsende Verachtung zu bemerken, die das Gesicht seines Freundes überzieht, der sichtlich entsetzt ist, sich bei einem so unwürdigen Thema aufhalten zu müssen. »Ihre Eltern sind tot, ihre Brüder sind fort, jeder woandershin. Und außerdem kann ich ihr das nicht antun.«

»Und warum nicht?«

»Sie hat mir doch das Leben gerettet, weißt du das nicht mehr?«

Mirza wirft den Oberkörper nach hinten, als ob ihm angesichts der Argumente des Gefängniswärters die Luft wegbliebe. Er schiebt die Lippen vor und beugt das Gesicht über die Schulter, so daß er seinen Gesprächspartner schräg im Blick hat.

»So ein Blödsinn!« ruft er aus. »Gott allein verfügt über Leben und Tod. Du wurdest verwundet, während du für Seinen Ruhm kämpftest. Da Er dir keinen Engel zu Hilfe schicken konnte, hat Er diese Frau auf deinen Weg gestellt. Sie hat dich gepflegt, weil es *Gottes Wille* war. Sie hat weiter nichts getan, als sich Seinem Willen zu fügen. Du aber hast hundertmal mehr für sie getan: Du hast sie geheiratet. Was konnte sie denn mehr erhoffen, sie, die drei Jahre älter war als du, damals schon ein altes Mädchen ohne Schwung und ohne Reiz? Gibt es mehr Großzügigkeit gegenüber einer Frau, als ihr ein Dach, Schutz, Ehre und einen Namen zu bieten? Du schuldest ihr nichts. Es ist an ihr, Atiq, sich vor deiner Großmut zu verneigen, dir einen Zeh nach dem anderen zu küssen, wann immer du deine Schuhe ausziehst. Sie ist nicht mehr als das, was du für sie darstellst. Sie ist nur eine Untergebene. Außerdem schuldet kein Mann einer Frau irgend etwas. Das Unglück der Welt beruht ja gerade auf diesem Mißverständnis.«

Plötzlich runzelt er die Stirn:

»Oder solltest du so verrückt sein, sie zu lieben?«

»Wir leben seit über zwanzig Jahren zusammen. Das ist nicht wenig.«

Mirza ist entrüstet, aber er nimmt sich zusammen und versucht, seinen Freund aus Kindertagen nicht zu brüskieren.

»Ich lebe mit vier Frauen zusammen, mein armer Atiq. Die erste habe ich vor fünfundzwanzig Jahren geheiratet, die letzte vor neun Monaten. Für die eine wie die andere empfinde ich nur Mißtrauen, denn zu keinem Moment hatte ich je den Eindruck, ich würde begreifen, wie es in ihren Köpfen zugeht. Ich bin überzeugt, ich werde niemals ganz und gar die Denkweise der Frauen erfassen. Man könnte meinen, ihre Art zu denken verläuft entgegen dem Uhrzeigersinn. Ob du ein Jahr oder ein Jahrhundert mit einer Konkubine, einer Mutter oder deiner eigenen Tochter zusammenlebst, du wirst doch nie das Gefühl eines Vakuums los, das dich zunehmend isoliert, wie ein heimtückischer Graben, um dich besser den Risiken deiner Unachtsamkeit auszuliefern. Je mehr du sie zu bezähmen glaubst, desto weniger Chancen hast du, den Hexenkünsten dieser zutiefst heuchlerischen und unvorhersehbaren Kreaturen zu widerstehen. Wenn du zehnmal eine Viper an deinem Busen wärmtest, es machte dich doch nicht immun gegen ihr Gift. Was nun die Anzahl der Jahre betrifft, die vermag doch keinen Frieden in ein Heim zu tragen, in dem die Liebe zu den Frauen die Schwäche der Männer offenbart.«

»Es handelt sich nicht um Liebe.«

»Worauf wartest du dann, um sie vor die Tür zu setzen? Verstoß sie und gönne dir eine gesunde robuste Jungfrau, die zu schweigen und ihrem Meister lautlos zu dienen versteht. Ich will dich nie mehr dabei überraschen, daß du wie ein Idiot Selbstgespräche auf der Straße führst. Vor allem nicht wegen einem Weib. Das wäre eine Beleidigung für Gott und Seinen Propheten.«

Mirza verstummt unvermittelt. Ein junger Mann ist dicht vor ihnen stehengeblieben und starrt sie geistesabwesend an, die Lippen blutleer. Er ist hochgewachsen, mit einem schönen bartlosen Gesicht, um das sich ein dünner Kranz abstehender Härchen rankt. Sein langes Haar fällt ihm glatt über die Schultern, die schmal und zart wie bei einem Mädchen sind.

»Was willst du?« fährt Mirza ihn an.

Der Mann führt einen Finger an die Schläfe, wie um zur Besinnung zu kommen, eine Geste, die Mirza noch mehr aufbringt.

»Nun mach schon, zieh Leine. Siehst du nicht, daß du störst?«

Mohsen Ramat sieht, daß die beiden Typen ihre Peitschen zücken und ihm damit gleich ins Gesicht schlagen werden. Entschuldigungen stammelnd, weicht er zurück und entfernt sich Richtung Zeltlager.

»Hast du das gesehen?« regt Mirza sich auf, »die Leute haben alle Hemmungen verloren.«

Atiq schüttelt brummend den Kopf. Der Zwischenfall hat ihn wachgerüttelt. Ihm kommt zu Bewußtsein, wie anstößig sein Geständnis war, und er verübelt es sich, dem morbiden Bedürfnis, seine schmutzige Wäsche auf einer Terrasse am Straßenrand auszupacken, nicht widerstanden zu haben. Ein unsicheres Schweigen breitet sich zwischen ihm und seinem Freund aus Kindertagen aus. Sie wagen nicht einmal mehr, sich anzusehen, der eine verschanzt sich hinter der Betrachtung der Linien seiner Handflächen, der andere tut so, als hielte er nach einem imaginären Wirt Ausschau.

3.

Mohsen Ramat stößt mit unsicherer Hand die Haustür auf. Seit dem Morgen hat er nichts gegessen, und das Umherirren hat ihn erschöpft. In den Läden, auf dem Markt, auf dem Platz, wohin auch immer ihn sein Schritt geführt hat, hat ihn alsbald jene grenzenlose Mattheit eingeholt, die er überall mit sich herumschleppt wie ein Häftling seine Kugel. Der einzige Freund und Vertraute, den er hatte, ist im letzten Jahr an der Ruhr gestorben. Es ist ihm nicht gelungen, neue Freunde zu gewinnen. Die Leute haben Mühe, mit ihrem eigenen Schatten in Frieden zu leben. Die Angst ist zum wirksamsten aller Wächter geworden. Die Menschen sind reizbarer denn je, im Nu ist ein vertrauliches Geständnis falsch ausgelegt, und die Taliban gewähren unvorsichtigen Zungen kein Pardon. Da es nichts als das Unglück zu teilen gibt, zieht jeder es vor, still in seinem Winkel am eigenen Mißgeschick zu knabbern, statt sich mit dem der anderen zu belasten. In Kabul sind die Freuden unter die Todsünden eingereiht, und es ist fruchtlos, bei einem Dritten irgendwelchen Trost zu suchen. Welcher Trost wäre auch denkbar in dieser chaotischen Welt, die so unwirklich erscheint, in der die Brutalität den Ton angibt und die ausgeblutet ist von einer Serie grausamster Kriege; einer Welt, die, von ihren Schutzheiligen im Stich gelassen, den Henkern und Krähen ausgeliefert ist, einer Welt, die sich durch die inbrünstigsten Gebete augenscheinlich nicht zur Vernunft bringen läßt?

Mit Ausnahme einer großen Flechtmatte, die als Teppich dient, zweier alter zerdellter Sitzkissen und eines niedrigen wurmstichigen Lesepults, auf dem das Buch der Bücher ruht, ist der Raum leer. Mohsen hat seine gesamten Möbel verkauft, ein Stück nach dem anderen, um der Lebensmittelverknappung zu trotzen. Jetzt hat er noch nicht einmal mehr etwas, um die zersprungenen Fensterscheiben zu ersetzen. Die Fenster mit ihren klappernden Läden sind blind. Jeder Milizionär, der vorüberkam, hat ihn angeherrscht, unverzüglich die Fenster zu reparieren: Passanten riskierten den schockierenden Anblick eines unverschleierten Frauengesichts. Mohsen hat die Fenster mit Zeltplane bespannt; seitdem hat die Sonne ihre Besuche bei ihm eingestellt.

Er zieht sich die Schuhe auf dem kleinen Treppenabsatz aus und läßt sich fallen.

»Soll ich dir etwas zu essen bringen?« fragt eine Frauenstimme hinter einem Vorhang aus dem Hintergrund.

»Ich habe keinen Hunger.«

»Ein wenig Wasser?«

»Wenn es kühl ist, sage ich nicht nein.«

Es klirrt und klappert im Nebenzimmer, dann tritt hinter den Stoffbahnen eine Frau hervor, die so schön ist wie der helle Tag. Sie stellt einen Krug vor Mohsen nieder und nimmt auf dem Kissen gegenüber Platz. Mohsen lächelt. Er lächelt immer, wenn seine Frau sich ihm zeigt. Sie ist wundervoll, von unveränderlicher Frische. Trotz der täglichen Unbilden und der Trauer um eine Stadt, die der Besessenheit und dem Irrsinn der Männer ausgeliefert ist, hat Zunaira nicht eine Falte bekommen. Gewiß, ihre Wangen strahlen nicht mehr so wie einst, ihr Lachen hallt von nirgendwo mehr wider, doch ihre riesigen Augen, leuchtend wie zwei Smaragde, haben ihren Zauber bewahrt.

Mohsen führt den Krug an die Lippen.

Seine Frau wartet, bis er mit Trinken fertig ist, dann nimmt sie ihm die Karaffe wieder ab.

»Du wirkst erschöpft.«

»Ich bin heute viel herumgelaufen. Meine Füße brennen wie Feuer.«

Die Frau streicht mit den Fingerspitzen über die Zehen ihres Gatten und macht sich daran, sie behutsam zu massieren. Mohsen stützt sich auf die Ellenbogen und überläßt sich ganz den Berührungen seiner Frau.

»Ich habe dich zum Essen erwartet.«

»Habe ich vergessen.«

»Du hast es vergessen?«

»Ich weiß nicht, was heute mit mir los war. Noch nie habe ich mich so gefühlt, noch nicht einmal, als wir unser Haus verloren haben. Ich tappte wie durch Watte und irrte blind umher, unfähig, die Straßen wiederzuerkennen, die ich hinauf- und hinunterlief, ohne daß ich es geschafft hätte, sie zu überqueren. Wirklich eigenartig. Ich war wie benebelt, ich konnte mich nicht an meinen Weg erinnern, noch wußte ich, wo ich eigentlich hin wollte.«

»Du bist sicher zu lange in der Sonne gewesen.«

»Das hatte mit einem Sonnenstich nichts zu tun.«

Plötzlich bewegt seine Hand sich zur Hand seiner Frau hin und zwingt sie, in der Massage innezuhalten. Beunruhigt von der verzweifelten Härte dieses Klammergriffs um ihr Handgelenk, blickt Zunaira mit funkelnden Augen hoch.

Mohsen zögert einen Moment, dann fragt er mit tonloser Stimme:

»Habe ich mich verändert?«

»Warum fragst du mich so etwas?«

»Ich will wissen, ob ich mich verändert habe.«

Zunaira zieht ihre prachtvollen Brauen zusammen und überlegt.

»Ich begreife nicht, wovon du redest.«

»Von mir, versteh doch. Bin ich noch immer derselbe Mann, der, den du allen anderen vorgezogen hast? Habe ich noch immer dieselben Gewohnheiten, dasselbe Benehmen? Findest du, daß ich normal reagiere, daß ich dir mit derselben Zärtlichkeit wie früher begegne?«

»Sicher, vieles um uns herum hat sich verändert. Unser Haus wurde zerbomt. Unsere Verwandten und unsere

Freunde sind fort, manche nicht mehr auf dieser Welt. Du hast dein Geschäft verloren. Mir hat man meine Arbeit genommen. Wir essen nicht mehr genug, um unseren Hunger zu stillen, und wir machen keine Pläne mehr. Aber wir sind zusammen, Mohsen. Und nur das darf für uns zählen. Wir sind zusammen, um uns gegenseitig beizustehen. Wir haben nur noch einander, um die Hoffnung zu nähren. Eines Tages wird Gott sich an uns erinnern. Er wird feststellen, daß die Greuel, die wir täglich erdulden müssen, unseren Glauben nicht zu schmälern vermochten, daß wir nicht gefehlt haben und seines Erbarmens würdig sind.«

Mohsen läßt das Handgelenk seiner Frau los und streichelt ihr die Wange. Seine Geste ist voller Wärme; sie überläßt sich ihr.

»Du bist die einzige Sonne, die mir geblieben ist, Zunaira. Ohne dich wäre meine Nacht tiefer als die ewige Finsternis, kälter als jedes Grab. Aber, um Gottes willen, wenn du findest, daß ich mich in meinem Verhalten dir gegenüber irgendwie ändere, daß ich ungerecht oder bösartig werde, dann sag es mir. Ich habe das Gefühl, daß die Dinge mir entgleiten, daß ich mich selbst nicht mehr unter Kontrolle habe. Wenn ich dabei bin, den Verstand zu verlieren, dann hilf mir, mir dessen bewußt zu werden. Ich würde es hinnehmen, die ganze Welt zu enttäuschen, aber ich verbiete mir, dir in irgendeiner Weise Unrecht zu tun, und sei es nur aus Versehen.«

Zunaira spürt, wie tief die Verzweiflung ihres Mannes geht. Um ihm zu beweisen, daß er sich nichts vorzuwerfen hat, läßt sie ihre Wange in seine ängstliche Handfläche gleiten.

»Wir machen schwere Zeiten durch, Liebling. Vor lauter Wehklagen haben wir ganz vergessen, was Ruhe heißt. Eine plötzliche Windstille jagt uns schon Entsetzen ein, und wir zweifeln an allem, was uns nicht bedroht.«

Mohsen löst sanft seine Finger von der Wange seiner Gattin. Sein Blick verschleiert sich; er muß starr zur Decke sehen und mit sich ringen, um seiner Bewegung Herr zu werden. Der Adamsapfel in seinem mageren Hals spielt verrückt. Sein Kummer ist so immens, daß seine Wangen zu zittern beginnen, dann bebt sein Kinn, zuletzt die Lippen.

»Ich habe heute morgen etwas ganz und gar Unvorstellbares getan«, erklärt er.

Zunaira erstarrt. Was sie in seinem verlorenen Blick liest, erschüttert sie. Sie greift nach seinen Händen; er verschränkt sie über der Brust, als wolle er einen Angriff abwehren.

»Ich kann es einfach nicht glauben«, stammelt er. »Wie ist das nur passiert? Wie konnte ich nur?«

Zunaira hebt in wachsender Besorgnis den Kopf.

Mohsen beginnt schwer zu atmen. Seine Brust hebt und senkt sich in beunruhigendem Tempo. Er erzählt, von den eigenen Worten zutiefst entsetzt:

»Auf dem Platz haben sie eine Prostituierte gesteinigt. Ich weiß nicht, wie ich unter die Menge Degenerierter geraten bin, die nach Blut schrien. Als hätte mich ein Strudel erfaßt. Ich wollte auch in der ersten Reihe sein, das Scheusal aus nächster Nähe krepieren sehen. Und als der Hagel an Steinen auf die Teufelin niederzugehen begann, habe ich plötzlich gemerkt, wie ich selbst Steine auflas und sie losschleuderte. Ich war verrückt geworden, Zunaira. Wie konnte ich es wagen? Mein ganzes Leben lang habe ich mich für einen Pazifisten gehalten. Weder die Drohungen der einen noch die Versprechungen der anderen konnten mich überzeugen, zu den Waffen zu greifen und den Tod auszuteilen. Ich nahm es hin, Feinde zu haben, aber ich ertrug es nicht, der Feind von wem auch immer zu sein. Und heute morgen, Zunaira, bloß weil die Menge heulte, habe ich mit ihr geheult, bloß weil sie Blut sehen wollte, wollte auch ich welches sehen. Seitdem betrachte ich unablässig meine Hände, und ich erkenne sie nicht wieder. Ich bin durch die Straßen geirrt, um meinen Schatten abzuschütteln, um Abstand zwischen mich und meine Tat zu bringen, und an jeder Straßenecke, bei jedem x-beliebigen Schutthaufen, habe ich mich Aug in Auge mit diesem Moment der Verirrung wiedergefunden. Ich habe Angst um mich, Zunaira, ich habe kein Vertrauen mehr zu dem, der ich geworden bin.«

Zunaira ist wie betäubt vom Bericht ihres Mannes. Mohsen ist keiner von denen, die ihr Herz auf der Zunge tragen. Er spricht selten von dem, was ihn bedrückt, und läßt seine Emotionen so gut wie nie durchscheinen. Deshalb hat sie, als sie diesen riesigen Kummer in seinen Augen sah, sogleich begriffen, daß er ihn nicht für sich behalten konnte. Sie hatte sich auf ein Unglück dieser Art gefaßt gemacht, aber nicht von solchem Ausmaß.

Sie erblaßt, und zum ersten Mal verlieren ihre Augen, die sie himmelweit aufreißt, fast allen Glanz.

»Du hast eine Frau gesteinigt?«

»Ich glaube, ich habe sie sogar am Kopf getroffen.«

»So etwas kannst du gar nicht getan haben, Mohsen. Das ist überhaupt nicht deine Art; du bist doch kultiviert.«

»Ich weiß nicht, was mich gepackt hat. Es ging alles so schnell. Als ob die Menge mich verhext hätte. Ich erinnere mich nicht einmal, wie ich an die Steine gekommen bin. Ich weiß nur, daß ich sie gar nicht mehr los wurde, daß eine unwiderstehliche Wut sich meines Armes bemächtigte ... Was mich zugleich so betrübt und entsetzt, ist, daß ich noch nicht einmal versucht habe zu widerstehen.«

Zunaira rafft sich auf. So wie man sich nach einer großen Erschöpfung wieder aufrafft. Geschwächt. Ungläubig, doch ohne Wut. Ihre Lippen, vor einem Moment noch prall und füllig, sind ausgetrocknet. Sie sucht nach einem Halt, findet nur einen kleinen Balken, der aus der Wand ragt, klammert sich an ihm fest. Lange wartet sie, bis sie ihre Sinne wieder beisammen hat, vergeblich. Mohsen versucht, nach ihrer Hand zu greifen; sie weicht ihm aus und wankt im irrealen Rascheln ihres Kleides in die Küche. Als sie hinter dem Vorhang verschwindet, wird Mohsen klar, daß er seiner Frau nicht hätte anvertrauen dürfen, was er selbst sich nicht einzugestehen wagt.

4.

Die Sonne rüstet zum Rückzug. Ihre Strahlen prallen schon mit verminderter Wucht von den Flanken der Hügel ab. Doch die alten Männer, die phlegmatisch unter den Torbögen sitzen, wissen, auch wenn sie voll Ungeduld den Abend erwarten, daß die Nacht so sengend wie der Tag sein wird.

Hineingezwängt ins Schwitzbad seiner felsigen Berge, ist Kabul dem Ersticken nahe. Es ist, als ob sich ein Fenster aus der Hölle zum Himmel hin öffnete. Die seltenen Windstöße, weit davon entfernt, die ausgelaugte Luft aufzufrischen oder gar zu reinigen, vergnügen sich damit, den Staub aufzuwirbeln und in einer Höhe stehen zu lassen, wo er die Augen angreift und die Kehlen ausdörrt.

Atiq Shaukat bemerkt, daß sein Schatten auf dem Boden ungeheuer lang geworden ist; der Muezzin wird die Gläubigen bald zum Maghreb-Gebet* rufen. Er schiebt seine Peitsche unter den Gürtel und macht sich gleichgültig zur Stadtteilmoschee auf, einem großen, schlicht gekalkten Raum mit einer Decke, von der nur noch das Gerippe übrig ist, und einem Minarett, das von Bomben verstümmelt ist.

Ein Trupp Taliban kurvt um die heilige Stätte herum, um zufällig des Weges kommende Gaffer abzufangen und *manu militari* dazu zu bringen, sich der Schar der Gläubigen beizugesellen.

Das Innere der Moschee summt in der Gluthitze. Die Erstankömmlinge haben im Sturm die schmuddeligen Teppiche in der Nähe des Minbars besetzt, auf dem ein Mullah gelehrt in einem frommen Buche liest. Den weni-

* Sonnenuntergangs-Gebet (A. d. Ü.).

ger Glücklichen bleibt nichts weiter übrig, als sich um die paar Fetzen Flechtmatte zu streiten, die manchem so weich wie Daunendecken erscheinen. Der Rest, froh, Zuflucht vor der Sonne und der Peitsche der Militärs zu finden, begnügt sich mit dem rauhen Erdboden, der auf dem Gesäß einen schmerzhaften Abdruck hinterläßt.

Atiq schiebt mit dem Knie einen Haufen Greise beiseite, knurrt den ältesten an, damit der sich noch mehr gegen die Wand preßt, und nimmt selbst am Fuß einer Säule Platz. Dann geht sein mürrischer Blick noch einmal drohend zu dem Alten hin, der sich ganz hinten so klein wie möglich macht.

Atiq Shaukat verachtet die Alten, vor allem die hier aus dem Viertel, mehrheitlich Unberührbare, halb verwest, die an ihrer Bettelei und ihrer Bedeutungslosigkeit krepieren, den ganzen Tag lang düstere Litaneien psalmodieren und mit Gespensterhänden an den Gewändern der Passanten zerren. Wie Raubvögel, die der Beute auflauern, versammeln sie sich am Abend da, wo ein paar barmherzige Seelen Reisschalen für Witwen und Waisen hinstellen, und scheuen sich nicht, sich dem Gespött preiszugeben und in aller Öffentlichkeit um ein paar Körner zu rangeln. Atiq verabscheut sie vor allem aus diesem Grund. Immer, wenn er sich mit ihnen in einer Reihe befindet, wird ihm das Beten zuwider. Er kann weder ihr Stöhnen ausstehen, wenn sie sich vornüber werfen, noch ihre kränkelnde Schläfrigkeit während des Gebets. Für ihn sind sie nichts als Hüllen, die der Totengräber übersehen hat, eklig und Angst einflößend, mit ihren Triefaugen, ihren Zahnruinen und ihrem Geruch wie verendendes Vieh …

*Astaghfirullah!** denkt er bei sich. Sieh an, dein Herz schwillt an vor Bitterkeit bis hinein in das Haus des Herrn, mein armer Atiq. Nimm dich zusammen. Laß dei-

* (arab.) Gott vergib mir! (A. d. Ü.)

nen Groll auf der Straße und versuche, dem Bösen keine Macht über deine Gedanken einzuräumen.

Er vergräbt seine Schläfen in beiden Händen und versucht, seinen Kopf ganz leer werden zu lassen, dann drückt er sein Kinn fest an die Brust, die Augen starr auf den Boden gerichtet aus Angst, der Anblick der Greise könne seine Andacht stören.

Der Muezzin begibt sich in seine Nische und ruft zum Gebet auf. Die Gläubigen erheben sich in einem chaotischen Ruck und beginnen, sich in Reihen zu verteilen. Ein kleiner spitzohriger Kerl vom Aussehen eines Kobolds zieht Atiq am Westenzipfel und fordert ihn auf, sich zwischen die anderen einzureihen. Aufgebracht packt der Gefängniswärter ihn am Handgelenk und verdreht es unauffällig im Schutz seiner Hüfte. Überrascht versucht der Kleine zunächst, seine Hand aus dem Schraubstock zu ziehen. Als ihm das nicht gelingt, krümmt er sich vor Schmerz und droht zusammenzubrechen. Atiq hält den Druck einige Sekunden lang aufrecht; als er sicher ist, daß seine Beute kurz davor ist, laut aufzujaulen, läßt er los. Der Zwerg zieht sein brennendes Handgelenk zurück, bringt es unter der Achselhöhle in Sicherheit und sucht sich ein Plätzchen in der vorderen Reihe, ohne sich auch nur einmal umzudrehen, unfähig, sich mit dem Gedanken anzufreunden, daß ein Gläubiger sich in einer Moschee derart aufführen kann.

Astaghfirullah, denkt Atiq einmal mehr. Was ist nur mit mir los? Ich ertrage weder das Dämmer- noch das Tageslicht, weder das Sitzen noch das Stehen, weder die Alten noch die Jungen, weder den Blick der Leute noch ihre Hand auf mir. Mit Mühe und Not ertrage ich mich selbst. Bin ich dabei, völlig den Verstand zu verlieren?

Nach dem Gebet beschließt er, bis zum nächsten Ruf des Muezzins in der Moschee auszuharren. Wie auch immer, er fühlt sich nicht bereit, jetzt schon nach Hause zurückzukehren – *um da sein ungemachtes Bett vorzufinden, das in stinkendem Wasser vergessene Geschirr und seine Frau, die mit angezogenen Beinen in einem Winkel des Schlafzimmers liegt, ein schmuddeliges Tuch um den Kopf und das Gesicht violett verfärbt …* Die Gläubigen zerstreuen sich; einige gehen nach Hause, andere versammeln sich im Hof, um zu plaudern. Greise und Bettler drängen sich am Eingang zur Moschee, strecken schon wieder die Hand aus. Atiq nähert sich einer Gruppe Kriegsinvaliden, die dabei sind, Heldentaten auszutauschen. Der größte, ein in seinen Bart verwickelter Goliath, zeichnet mit geschwollenem Finger Kurven in den Staub. Die anderen sitzen im Schneidersitz um ihn herum und sehen schweigend zu. Sie haben alle einen Arm oder ein Bein verloren. Einem von ihnen, etwas im Hintergrund, fehlen beide Beine. Er hockt in einem selbstgebauten Karren, der ihm als Rollstuhl dient. Der Goliath für sein Teil ist einäugig, sein Gesicht zur Hälfte entstellt. Er hört auf zu zeichnen, stützt sich am Boden ab und legt los:

»Ungefähr so also war der Geländeverlauf«, sagt er mit einer Fistelstimme, die von seiner gewaltigen Körperfülle absticht. »Da war ein Berg, dort ein Absturz und dann noch die beiden Hügel hier. Dort entlang verlief ein Fluß von Norden um den Berg herum. Die Sowjets hatten alle Bergkämme besetzt und uns auf der ganzen Linie im Blick. Seit zwei Tagen schon hielten sie uns umzingelt. Wegen dem Berg konnten wir nicht zum Rückzug ansetzen. Er war kahl, und die Helikopter hätten uns mühelos kurz und klein gemacht. Der Fluß war breit und tief und versperrte uns den Weg nach dieser Seite hin. Es blieb uns nichts als diese eine Passage, in Höhe einer Furt, und die Russen überließen sie uns absichtlich. In Wahrheit war es die reinste Reuse. Einmal drinnen, saßen wir in der Falle. Aber wir konnten nicht allzu lange in unserer Stellung bleiben. Wir hatten keine Munition mehr und kaum etwas zu essen. Außerdem hatte der Feind Verstärkung angefordert. Seine Artillerie setzte uns Tag und Nacht zu. Unmöglich, auch nur ein Auge zu schließen. Wir waren in einem jämmerlichen Zustand. Wir konnten noch nicht einmal unsere Toten begraben, die gräßlich zu stinken begannen …«

»Unsere Toten haben nie schlecht gerochen«, mischt sich empört der beinlose Krüppel ein. »Ich erinnere mich, einmal ging überraschend eine Granate unter uns los und kostete gleich vierzehn Mudschaheddin das Leben. Bei der Gelegenheit habe ich meine Beine verloren. Wir waren auch eingekesselt. Acht Tage lang sind wir in unserem Loch geblieben. Und unsere Toten haben noch nicht einmal ansatzweise begonnen, sich zu zersetzen. Sie lagen da, wo die Explosion sie gerade hingeschleudert hatte. Sie stanken auch nicht. Ihr Gesichtsausdruck war heiter. Trotz ihrer Wunden und der Blutlachen, in denen sie schwammen, hätte man meinen können, sie würden nur eben schlafen.«

»Das war im Winter«, mutmaßt der Goliath.

»Es war nicht im Winter. Es war mitten im Sommer und so heiß, daß man Spiegeleier auf den Steinen hätte braten können.«

»Dann waren das vielleicht Heilige, deine Mudschaheddin«, sagt der Goliath ärgerlich.

»Alle Mudschaheddin sind vom Herrn gesegnet«, ermahnt ihn der Krüppel, während die anderen zustimmend nicken. »Sie stinken nicht, und ihr Fleisch verwest auch nicht.«

»Na, und von wem stammte er dann, dieser Gestank, der unsere Stellungen verpestete?«

»Von euren getöteten Maultieren.«

»Wir hatten gar keine Maultiere.«

»Dann konnte das nur der Geruch der *chouravi** sein.

* Afghanische Bezeichnung für sowjetische Soldaten.

Diese Schweine stinken noch, wenn sie frisch gebadet sind. Ich erinnere mich, als wir einmal einige gefangengenommen hatten, sind alle Fliegen des ganzen Landes gekommen, um sie sich aus der Nähe zu besehen …«

»Wirst du mich wohl meine Geschichte zu Ende erzählen lassen, Tamreez?« Der Goliath ist entnervt.

»Ich wollte nur klarstellen, daß unsere Toten nicht stinken. Übrigens schwebt nachts immer ein Moschusduft um sie, der erst im Morgengrauen weicht.«

Der Goliath wischt mürrisch die Zeichnungen im Staub wieder aus und erhebt sich. Nach einem finsteren Blick auf den Krüppel steigt er über das Mäuerchen hinweg und marschiert auf ein Zeltlager zu. Die anderen halten an sich, bis er verschwunden ist, dann rücken sie fieberhaft zu dem Mann im Schubkarren hinüber.

»Dem seine Geschichte, die kennen wir ja schon in- und auswendig. Wie viele Umwege er macht, nur um bei seinem Unfall anzulangen«, bemerkt ein mickriger Einarmiger.

»Er war immerhin ein bedeutender Kämpfer«, weist ihn sein Nachbar zurecht.

»Stimmt schon, aber sein Auge, das hat er bei einem Unfall verloren, nicht während einer Schlacht. Und dann, unter uns, frage ich mich auch, auf wessen Seite er eigentlich gekämpft hat, wenn seine Toten gestunken haben. Tamreez hat recht. Wir sind alle Kriegsveteranen. Wir haben Hunderte von Freunden verloren. Sie sind in unseren Armen oder unter unseren Augen gestorben: nicht einer hat gestunken …«

Tamreez rutscht in seiner Kiste herum, rückt das Kissen unter seinen Knien zurecht, die mit Binden umwickelt sind, und schaut hinüber zum Zeltlager, als ob er die Rückkehr des Goliath fürchtete.

»Ich habe beide Beine verloren, die Hälfte meiner Zähne und meine Haare, aber mein Gedächtnis ist unver-

sehrt aus all dem hervorgegangen. Ich erinnere mich an jede Einzelheit, als sei es gestern gewesen. Es war mitten im Sommer, und die Gluthitze trieb die Krähen zum Selbstmord. Man sah sie hoch hinauf in den Himmel fliegen und dann schwer wie ein Amboß zu Boden fallen, die Flügel eng am Rumpf, den Schnabel voran. Beim Heiligen Buch, das ist wirklich wahr. Man hörte die Läuse in unserer Wäsche brutzeln, die auf den glühenden Felsen ausgebreitet war. Es war der schlimmste Sommer, den ich je erlebt habe. Wir hatten in unserer Wachsamkeit nachgelassen, überzeugt, daß nicht ein Weißarsch sich unter dieser bleiernen Sonne aus seinem Quartier herauswagen würde. Aber die russischen Teufel hatten uns mit Hilfe eines Satelliten oder etwas Ähnlichem ausgespäht. Hätte ein Hubschrauber oder Flugzeug unseren Schlupfwinkel überflogen, hätten wir die Stellung in der Minute darauf evakuiert. Doch der Horizont war leer. Ringsum nichts als Stille. Wir aßen gerade zu Mittag in unserem Loch, als die Granate fiel. Voll ins Schwarze. Zur rechten Zeit, am rechten Ort. Bumm! Ich habe einen feuersprühenden Geysir gesehen, einen Strudel aus Flammen und Erde, der mich verschluckt hat, das war's. Als ich zu mir kam, war ich unter einem Felsen eingequetscht, mit blutenden Händen, zerfetzten Kleidern, schwarz vom Ruß. Ich habe nicht gleich begriffen. Dann habe ich ein Bein neben mir gesehen. Nicht einen Augenblick habe ich gedacht, daß das mein Bein sein könnte. Ich spürte nichts, ich litt keinerlei Schmerzen. Ich war nur ein bißchen benommen.«
Plötzlich reißt er die Augen auf, das Gesicht zur Spitze des Minaretts gewandt. Seine Lippen beben, seine Wangen beginnen unkontrolliert zu zucken. Er faltet die Hände, wie um Brunnenwasser aufzufangen, und berichtet mit bebender Stimme: »Dann habe ich ihn gesehen. So wie ich euch sehe. Beim Heiligen Buche, das ist die Wahrheit … Er kreiste am blauen Himmel. Die Flügel so weiß, daß ihr

Widerschein das Innere der Höhle erhellte. Er kreiste und kreiste. Es war absolut still, ich nahm weder die Schreie der Verletzten noch die Explosionen rundherum wahr; ich hörte nur das seidige Rauschen seiner Flügel, die majestätisch die Lüfte zerschnitten ... Ein märchenhafter Anblick ...«

»Ist er zu dir herabgestiegen?« erkundigt sich der Einarmige fiebernd.

»Ja«, antwortet Tamreez. »Er ist bis zu mir herabgestiegen. Die Tränen liefen ihm über die Wangen, und sein purpurnes Antlitz strahlte wie ein Stern.«

»Das war der Todesengel«, bestätigt sein Nachbar. «Das kann nur er gewesen sein. Er zeigt sich den Tapfersten immer auf diese Weise. Hat er etwas zu dir gesagt?«

»Ich erinnere mich nicht daran. Er hat seine Flügel um meinen Körper gebreitet, aber ich habe ihn zurückgestoßen.«

»Unglücklicher«, schallt es ihm entgegen, »du hättest ihn gewähren lassen sollen! Der Engel hätte dich geradewegs ins Paradies gebracht, und du würdest zur jetzigen Stunde nicht in deiner Schubkarre verschimmeln.«

Atiq findet, er habe genug gehört, und beschließt, andernorts Ablenkung zu suchen. Die Erzählungen der Kriegsveteranen werden so oft wiederholt und je nach Tendenz ausgeschmückt, daß sie dabei sind, sich zu regelrechten Legenden auszuwachsen. Atiq denkt, daß die Mullahs dem ein Ende setzen müßten. Und ihm wird klar, daß er nicht endlos durch die Straßen stromern kann. Seit vorhin versucht er, seiner Realität zu entfliehen; einer Realität, die er weder ausschmücken noch erzählen kann, nicht einmal einem Mirza Shah, der so gefühllos und stumpf ist, daß er den Leuten das letzte bißchen Gewissen, das sie noch haben, zum Vorwurf macht. Außerdem verübelt er es sich, sich ihm überhaupt anvertraut zu haben. Für ein Glas Tee, das er noch nicht einmal getrunken hat. Er verübelt es sich, daß er sich vor der eigenen Verantwortung drückt, daß er dumm genug war zu glauben, die beste Art, ein Problem zu regeln, bestünde darin, ihm den Rücken zu kehren. Seine Frau ist krank; ist das etwa ihre Schuld? Hat er ganz vergessen, wie sie sich um ihn gekümmert hat, als sein von den kommunistischen Truppen vernichtend geschlagener Zug ihn in einem verlorenen Dorf einfach zurückließ; wie sie ihn wochenlang versteckt und gepflegt hat; wie sie es fertiggebracht hat, ihn auf dem Rücken eines Maultiers tage- und nächtelang durch feindliches Gebiet zu transportieren, inmitten von Schneestürmen, bis hin nach Peshawar? Und jetzt, wo sie ihn braucht, läuft er vor ihr davon, ohne sich zu schämen, läuft rechts und links hinter allem her, was ihn irgend davon ablenken könnte.

Aber alles hat ein Ende, und auch der Tag. Es ist Nacht, die Leute gehen nach Hause, die Obdachlosen ziehen sich in ihre Löcher zurück, und die Schergen zielen oft ohne Vorwarnung auf verdächtige Schatten. Zeit auch für ihn, nach Hause zu gehen, seine Frau in dem Zustand, in dem er sie verlassen hat, wiederzufinden, das heißt leidend und hilflos. Er biegt in eine Straße ein, in der sich die Schuttberge türmen, hält auf Höhe einer Ruine an, lehnt den Arm an die einzige noch stehende Mauer und verharrt eine Weile so, das Kinn auf der Schulter, einigermaßen fest auf seinen Füßen stehend. Hier und da hört er Säuglinge in der Dunkelheit wimmern, in der mutlos ein paar Dochte glimmen. Ihr Gewimmer durchbohrt ihm den Schädel wie ein Florettstoß. Eine Frau protestiert gegen den Tumult ihrer Sprößlinge, eine dröhnende Männerstimme bringt sie zum Schweigen. Atiq richtet den Nacken auf, dann das Rückgrat, betrachtet die Abertausende funkelnder Sternbilder am Himmel. Etwas wie ein Schluchzer verkrampft ihm die Kehle. Er muß die Finger bis aufs Blut in die Handflächen krallen, um nicht zusammenzubrechen. Er ist es leid, so leid, sich ständig im Kreis zu drehen und hinter Rauchkringeln herzulaufen; ist diese schalen Tage leid, die ihn von früh bis spät in die Zange nehmen. Er vermag nicht zu begreifen, warum er zwei Jahrzehnte lang jeden Hinterhalt, jeden Luftangriff, alle Sprengkörper, die Dutzende von Leibern um ihn herum zerfetzt und weder Frauen noch Kinder, weder Viehherden noch Weiler verschont haben, überlebt hat, um am Ende in einer düsteren, undankbaren Welt vor sich hin zu vegetieren, in einer Stadt, die völlig aus dem Rhythmus ist, mit Schafotten bestückt und von siechen Lumpengestalten heimgesucht: einer Stadt, die ihm übel mitspielt und ihn unerbittlich zugrunde richtet, Tag für Tag, Nacht für Nacht, bald in Gesellschaft einer Toten auf Abruf am Grund eines stinkenden Kerkers, bald am Lager einer todkranken Ehefrau, die jämmerlicher dran ist als jeder Galgenstrick …

»*La hawla!*«* seufzt er. »Wenn das die Prüfung ist, der du mich unterziehst, o Herr, dann gibt mir die Kraft, sie zu bestehen.«

Er schlägt die Hände zusammen, murmelt einen Koranvers und kehrt um, seiner Wohnung entgegen.

Das erste, was Atiqs Aufmerksamkeit erregt, sobald er die Haustür geöffnet hat, ist die brennende Sturmlampe. Normalerweise ist Mussarat um diese Stunde zu Bett, und alle Räume sind in Finsternis getaucht. Er stellt fest, daß ihr Lager leer ist, die Decken sorgsam auf der Strohmatte ausgebreitet, die Kissen längs der Wand aufgereiht, wie er es liebt, und er spitzt die Ohren; keinerlei Stöhnen, keinerlei Geräusch. Er macht kehrt, bemerkt, daß die Waschschüsseln umgedreht auf dem Boden stehen, daß das Geschirr in der Ecke glänzt. Das beunruhigt ihn, denn seit

* (arab.) Religiöse Formel, die häufig zum Ausdruck von Verdruß, Resignation, Enttäuschung zitiert wird: La hawla wa la quwwata illa billah. – Es gibt keine Kraft noch Macht außer bei Gott (A. d. Ü.).

Monaten kümmert sich Mussarat kaum noch um den Haushalt. Von der Krankheit zermürbt, verbringt sie den Großteil ihrer Zeit damit, sich unter Schmerzen zu krümmen. Atiq hüstelt in die Faust, um seine Rückkehr kundzutun. Ein Vorhang geht auf, und Mussarat zeigt sich, mit erschöpftem Gesicht, aber aufrecht stehend. Ihre Hand muß freilich Halt am Türrahmen suchen, und man spürt, wie sie mit der ganzen ihr verbleibenden Energie darum kämpft, sich auf den Beinen zu halten, als hinge ihre Würde davon ab. Atiq legt zwei gespreizte Finger ans Kinn, zieht eine Augenbraue hoch, macht keinen Hehl aus seiner Überraschung.

»Ich dachte schon, meine Schwester sei aus Belutschistan zurück«, sagt er.

Mussarat fährt auf.

»Noch bin ich nicht völlig hinfällig.«

»Das wollte ich auch nicht sagen. Doch ich habe dich heute früh in einem so schlimmen Zustand zurückgelassen. Als ich sah, daß alles an seinem Platz war, gut aufgeräumt, und der Fußboden gefegt, habe ich sofort gedacht, meine Schwester sei wieder da. Wir haben ja keinen Menschen außer ihr. Deine Nachbarinnen wissen, wie es um deine Gesundheit steht, und doch hat sich keine von ihnen je blicken lassen, um zu sehen, ob sie sich nützlich machen kann.«

»Die brauche ich nicht.«

»Wie empfindlich du doch sein kannst, Mussarat. Muß man denn jedes Wort umdrehen, um zu sehen, was sich darunter verbirgt?«

Mussarat merkt, daß sie nicht eben dabei ist, das Verhältnis zu ihrem Mann zu verbessern. Sie nimmt die Sturmlampe vom Tisch und hängt sie an einem kleinen Balken auf, um den Lichtkegel zu vergrößern; dann holt sie ein Tablett mit Essen herein.

»Die Melone, die du mir geschickt hast, habe ich aufgeschnitten und auf dem Fensterbrett kühlgestellt«, sagt sie versöhnlich. »Du hast sicherlich Hunger. Ich habe dir den Reis zubereitet, wie du ihn magst.«

Atiq zieht seine Schuhe aus, hängt Turban und Peitsche an einen Fenstergriff und läßt sich vor dem zerbeulten Eisentablett auf dem Boden nieder. Da er nichts zu sagen weiß und seine Frau nicht anzusehen wagt, aus Angst, ihre Empfindlichkeit aufs neue zu reizen, greift er nach einem Krug und führt ihn an die Lippen. Das Wasser fließt ihm seitlich aus dem Mund und besprenkelt seinen Bart; er wischt mit dem Handrücken darüber und tut so, als interessiere er sich für einen Gerstenfladen.

»Den habe ich selbst zubereitet«, sagt Mussarat, die ihn lauernd beobachtet. »Extra für dich.«

»Warum machst du dir soviel Mühe?« entfährt es ihm schließlich.

»Ich will meinen ehelichen Pflichten bis zum Ende nachkommen.«

»Ich habe nichts von dir verlangt.«

»Das mußt du auch nicht.«

Sie sinkt fast völlig in sich zusammen, auf ihrer Matte, ihm gegenüber, sucht seinen Blick und fügt hinzu:

»Ich weigere mich abzudanken, Atiq.«

»Das ist doch gar nicht die Frage, Frau.«

»Du weißt, wie sehr ich jede Erniedrigung hasse.«

Atiq wirft ihr einen langen Blick zu.

»Habe ich irgend etwas getan, das dich verletzt haben könnte, Mussarat?«

»Die Erniedrigung rührt nicht zwangsläufig aus der Haltung der anderen, manchmal besteht sie einfach darin, daß man nicht selbst für sich sorgen kann.«

»Wo hast du denn das her, Frau? Du bist krank, das ist alles. Du mußt dich ausruhen, deine Kräfte sammeln. Ich bin nicht blind. Wir leben seit Jahren zusammen; du warst nie unredlich. Weder mir noch sonst jemandem gegenüber. Du hast es nicht nötig, dein Leid zu verschlimmern, nur um mir ich weiß nicht was zu beweisen.«

»Wir leben seit Jahren zusammen, Atiq, und es ist das erste Mal, daß ich das Gefühl habe, meinen Pflichten als Ehefrau nicht zu genügen: mein Mann spricht nicht mehr mit mir.«

»Ich spreche nicht mit dir, das stimmt, aber ich bin dir doch nicht böse. Ich bin nur von diesem Krieg, der kein Ende nimmt, zermürbt, und von dem Elend, das alles um uns herum zugrunde gehen läßt. Ich bin ein einfacher Mann, der gelegentlich Gefangenenwärter spielt und nicht begreift, wie er sich darauf einlassen konnte, arme Teufel zu bewachen, statt sich um sein eigenes Unglück zu kümmern.«

«Wenn du an Gott glaubst, dann muß du das Unglück, zu dem ich für dich geworden bin, als fromme Prüfung ansehen.«

»Du bist doch nicht mein Unglück, Mussarat. Das bildest du dir ein. Ich glaube an Gott und nehme hin, was er an Ungemach für mich bereithält, um meine Geduld auf die Probe zu stellen.«

Mussarat schneidet den Fladen entzwei, reicht ihrem Mann ein Stück und murmelt:

»Wenn wir schon einmal Gelegenheit haben, uns zu unterhalten, dann laß uns versuchen, uns nicht zu zanken.«

»Einverstanden«, pflichtet Atiq ihr bei. »Wenn wir schon einmal Gelegenheit haben, uns zu unterhalten, lassen wir doch die kränkenden Bemerkungen und Andeutungen beiseite. Ich bin dein Mann, Mussarat. Ich versuche auch, meine ehelichen Pflichten zu erfüllen. Das Problem ist nur, daß mir das alles ein wenig über den Kopf wächst. Ich hege keinerlei Groll gegen dich. Das mußt du wissen. Mein Schweigen ist keine Ablehnung, sondern der Ausdruck meiner Ohnmacht. Verstehst du mich, Frau?«

Mussarat nickt, wenig überzeugt.

Atiq tunkt ein Stück Brot ins Essen. Seine Hand zittert; sein Atem geht pfeifend, so viel Mühe kostet es ihn, die Wut, die in ihm aufsteigen will, zu unterdrücken. Er zieht den Kopf zwischen die Schultern, versucht, seinen Atem unter Kontrolle zu bekommen, und sagt, mehr und mehr erbost, sich überhaupt erklären zu müssen:

»Ich mag es nicht, mich zu rechtfertigen. Ich habe den Eindruck, etwas falsch gemacht zu haben, doch dem ist nicht so. Alles, was ich will, ist, zu Hause ein wenig Frieden zu finden. Ist das denn zu viel verlangt? Du bist diejenige, die sich hier Dinge einbildet, Frau. Du quälst dich, und du quälst mich. Man könnte meinen, du provozierst mich bewußt.«

»Ich provoziere dich doch gar nicht.«

»Mag sein, aber ich empfinde das so. Sobald du ein wenig zu Kräften kommst, verausgabst du dich sinnlos, nur um mir zu beweisen, daß du noch auf beiden Beinen stehen kannst, daß die Krankheit nicht kurz davor ist, dich hinwegzuraffen. Zwei Tage später brichst du dann zusammen, und ich kann dich mit dem Teelöffel wieder aufsammeln. Wie lange soll diese Komödie denn noch gehen?«

»Verzeih mir.«

Atiq seufzt tief auf, rührt mit seinem Brot in der kalten Soße herum und steckt es in den Mund, ohne den Kopf zu heben.

Mussarat zieht ihren Umhang enger um die Schultern und sieht ihrem Mann zu, wie er geräuschvoll ißt. Da es ihr nicht gelingt, seinen Blick einzufangen, begnügt sie sich damit, seine Hinterkopfglatze zu betrachten, die bereits den Nacken erreicht hat, der eingefallen und bäurisch wirkt.

»Neulich, als Vollmond war«, erzählt sie bekümmert, »habe ich die Läden geöffnet, um dich schlafen zu sehen. Du schliefst so friedlich, wie nur einer schläft, dessen Gewissen ganz rein ist. Ein winziges Lächeln stand in deinem Bart. Dein Gesicht war wie eine Lichtung; als ob alles Leid, das du je erduldet hast, auf und davon geflogen wäre, als ob der Schmerz es niemals gewagt hätte, die kleinste deiner Falten anzutasten. Es war ein Anblick, so schön und friedlich, daß ich mir wünschte, es möge nie mehr Morgen werden. Dein Schlaf schützte dich vor aller Unbill und allem Ungemach. Ich habe mich an dein Bett gesetzt. Ich brannte vor Verlangen, deine Hand zu fassen, aber ich hatte Angst, dich zu wecken. Und um der Versuchung zu widerstehen, habe ich an all die Jahre gedacht, die wir miteinander geteilt haben, oft in bösen Zeiten, und ich habe mich gefragt, ob wir uns in den stärksten Momenten, den Zeiten, die uns den größten Einsatz abverlangten, wohl geliebt haben …«

Atiq hört schlagartig auf zu essen. Seine Hand bebt, als er sich die Lippen abwischt. Er murmelt ein La hawla und blickt prüfend seiner Frau ins Gesicht; seine Nasenflügel vibrieren, als er mit scheinbar gelassener Stimme fragt:

»Was hast du nur, Mussarat? Ich finde dich heute abend arg redselig.«

»Das mag daran liegen, daß wir in letzter Zeit kaum ein Wort gewechselt haben.«

»Und was macht dich heute abend so gesprächig?«

»Die Krankheit. Das ist ein ernster Moment, es ist der Augenblick der Wahrheit. Man kann einander nichts mehr verheimlichen.«

»Du warst schon häufiger krank …«

»Diesmal spüre ich, daß die Krankheit, die in mir haust, nicht ohne mich fortgehen wird.«

Atiq schiebt seinen Teller von sich und rutscht bis an die Wand zurück.

»Einerseits bereitest du mir mein Abendessen zu; andererseits hinderst du mich daran, es anzurühren. Findest du das gerecht?«

»Verzeih mir.«

»Du überschreitest deine Grenzen, und dann bittest du um Verzeihung. Ich habe zufällig noch anderes zu tun.«

Sie erhebt sich, macht Anstalten, sich hinter den Vorhang zurückzuziehen.

»Da hast du den Grund, warum ich es vermeide, das Wort an dich zu richten, Mussarat. Du bist beständig in der Defensive, wie eine bedrohte Wölfin. Und wenn ich versuche, dich zur Vernunft zu bringen, dann nimmst du mir das übel und ziehst dich zurück.«

»Du hast ja recht«, bekennt sie, »aber ich habe doch keinen außer dir. Wenn du mir böse bist, dann wendet sich gleich die ganze Welt von mir ab. Ich gäbe alles, was ich habe, für dich hin. Nur weil ich versuche, mich deiner, koste es was es wolle, würdig zu erweisen, begehe ich eine Ungeschicklichkeit nach der anderen. Für heute habe ich mir fest vorgenommen, dich nicht zu verärgern oder zu enttäuschen. Und doch tue ich pausenlos genau das.«

»Wenn dem so ist, warum verharrst du dann im Irrtum?«

»Ich habe Angst ...«

»Wovor?«

»Vor den Tagen, die auf uns zukommen. Entsetzliche Angst habe ich vor ihnen. Wenn du mir nur die Dinge etwas leichter machen könntest.«

»Wie das?«

»Indem du mir verrätst, was dir der Arzt über meine Krankheit gesagt hat.«

»Geht das schon wieder los!« ruft Atiq entnervt.

Er gibt dem Tisch einen Tritt, so daß er umfällt, springt auf, sammelt im Vorbeigehen Schuhe, Peitsche und Turban ein und stürmt auf die Straße.

Allein zurückgeblieben, vergräbt Mussarat ihren Kopf in beiden Händen, und langsam beginnen ihre schmalen Schultern zu zucken.

Ein paar Straßenzüge weiter findet Mohsen Ramat gleichfalls keinen Schlaf. Er liegt auf seiner Strohmatte, hat die Hände im Nacken verschränkt und blickt starr auf die Kerze, die ihre Schweißperlen in eine Schale tropfen läßt und schwankende Schatten gegen die Wände wirft. Über seinem Kopf mahnt ihn die ausgemergelte Decke, daß ein Trägerbalken kurz vor dem Einsturz steht. Letzte Woche hat sich im Nebenzimmer ein Stück Decke gelöst und hätte Zunaira fast unter sich begraben …

Zunaira, die sich in der Küche verschanzt hat und sich noch immer nicht bei ihm blicken läßt.

Sie haben schweigend zu Abend gegessen, er völlig erschöpft, sie geistesabwesend. Sie haben die Mahlzeit nicht angerührt, nur zerstreut am Brot geknabbert, und eine geschlagene Stunde gebraucht, bis sie den Bissen unten hatten. Mohsen fühlte sich höchst unwohl. Sein Bericht von der Steinigung der Prostituierten hatte Unfrieden über sein Haus gebracht. Indem er Zunaira die Sache beichtete, gedachte er sein Gewissen zu erleichtern, sich wieder in den Griff zu bekommen. Zu keinem Zeitpunkt hatte er geahnt, daß er seine Frau damit derart schockieren würde. Mehr als einmal hat er versucht, seine Hand auszustrekken, ihr zu verstehen zu geben, wie entsetzlich leid ihm das alles tat; sein Arm hatte ihm den Gehorsam verweigert; er blieb an seiner Seite kleben, als wären die Gelenke steif. Zunaira ermutigte ihn auch nicht eben. Sie sah starr zu Boden, hielt den Nacken gebeugt, und ihre Finger streiften nur flüchtig den Rand des Tischchens. Sie brauchte noch länger, um einen Bissen Brot an ihre Lippen zu führen, als um hineinzubeißen. Sie war unerreichbar, ihre Gesten mechanisch, und sie weigerte sich, aus ihrer Versenkung aufzutauchen, wieder zu sich zu kommen. Da keiner von beiden wirklich etwas aß, räumte sie schließlich das Tablett weg und verschwand hinter dem Vorhang. Mohsen hat lange auf sie gewartet, dann hat er sich schlafen gelegt. Und weiter auf sie gewartet. Zunaira hat sich nicht mehr blicken lassen. Schon seit zwei Stunden wartet er auf sie, vielleicht ein wenig länger, und Zunaira ist noch immer nicht zurück. Aus der Küche dringt nicht ein Geräusch, das ihre Gegenwart bezeugte. Zwei Teller abwaschen und ein Brotkörbchen leeren, das ging doch im Handumdrehen. Mohsen setzt sich wieder auf, geduldet sich noch ein paar Augenblicke, dann beschließt er nachzusehen, was eigentlich los ist. Als er den Vorhang beiseite schiebt, entdeckt er Zunaira, die auf einer Matte liegt, zur Wand hin gedreht, die Knie bis zum Bauch angezogen. Er ist sicher, daß sie nicht schläft, traut sich aber nicht, sie zu stören. Er zieht sich lautlos zurück, schlüpft in ein Gewand und Sandalen, pustet die Kerze aus und tritt ins Freie hinaus. Eine schwüle Hitze lastet auf dem Viertel. Hier und da plaudern Männer in Torbögen oder am Fuß einer Mauer. Mohsen hält es für zwecklos, sich groß vom Haus zu entfernen. Er setzt sich auf die Schwelle, kreuzt die Arme über der Brust und sucht am Himmel nach einem Stern. Just in diesem Moment taucht unvermittelt wie ein Raubtier ein Mann vor ihm auf und eilt grimmigen Schrittes die Gasse hinunter. Ein Mondstrahl beleuchtet seine verhärteten Züge; Mohsen erkennt den Gefängniswärter, der ihm mit seiner Peitsche fast ins Gesicht geschlagen hätte, vorhin, vor diesem Laden.

5.

Atiq Shaukat kehrt zur Moschee zurück, um am El-Icha-Gebet* teilzunehmen, von dem er sich als letzter erheben wird. Er wird lange Minuten damit zubringen, mit zur Fatiha geöffneten Händen Koranverse zu rezitieren und die Heiligen und Ahnen um Beistand in seinem großen Unglück zu bitten. Von seiner alten Knieverletzung gezwungen, seine Gebetsgymnastik abzukürzen, zwängt er sich in einen Winkel voll frommer Bücher und beginnt zu lesen. Es gelingt ihm nicht, sich zu konzentrieren. Die Texte verschwimmen vor seinen Augen, und ihm droht der Schädel zu platzen. Schon bald treibt ihn die stickige Hitze hinaus aus der Moschee, und er mengt sich unter die Grüppchen von Gläubigen, die hier und da im Hof herumstehen. Die Greise und Bettler sind verschwunden, doch die Kriegsinvaliden sind noch immer da und stellen ihre Gebrechen wie Trophäen zur Schau. Der beinlose Krüppel thront auf seinem Karren, aufmerksam den Erzählungen seiner Gefährten lauschend, bereit, zuzustimmen oder zu protestieren. Der Goliath ist auch wieder zurück; er sitzt neben einem Einarmigen und lauscht ehrfürchtig einem Greis, welcher erzählt, wie er es mit einer Handvoll Mudschaheddin, die jeder nur mit einem Maschinengewehr bewaffnet waren, geschafft hat, eine ganze Kompanie russischer Panzer in Schach zu halten.

Atiq erträgt die Ungeheuerlichkeit dieser Heldentaten nicht lange. Er verläßt die Moschee und irrt durch Vororte, die Gräberfeldern ähneln, von Zeit zu Zeit seine Peitsche schwingend, um die aufdringlichsten unter den Bettlerinnen abzuwehren. Ohne es zu merken, findet er sich vor seinem Gefängnis wieder, geht hinein. Die Stille

* Nachtgebet (A. d. Ü.).

in den Zellen besänftigt ihn. Er beschließt, die Nacht hier zu verbringen. Er tastet nach der Sturmlampe, zündet sie an und streckt sich auf dem Feldbett aus, die Hände im Nacken verschränkt, die Augen an die Decke geheftet. Jedes Mal, wenn seine Gedanken zu Mussarat zurückkehren, versetzt er der Leere einen kräftigen Fußtritt, wie um sich davon zu befreien. Die Wut kommt wieder, in Schüben, läßt das Blut gegen die Schläfen pochen und staut sich in seiner Brust. Er verübelt es sich, nicht gewagt zu haben, das Problem ein für alle Mal beim Schopfe zu packen und einer Ehefrau, die sich privilegiert fühlen sollte gegenüber all diesen zerlumpten Weibern, die durch die Straßen von Kabul geistern, mal richtig den Kopf zu waschen. Mussarat mißbraucht seine Geduld. Ihre Krankheit stellt keinen mildernden Umstand mehr dar; sie muß lernen, sie anzunehmen ...

Ein monströser Schatten fällt auf die Wand. Atiq fährt auf und greift nach seiner Peitsche.

»Ich bin's nur, Nazish«, beruhigt ihn eine schlotternde Stimme.

»Man hat dir wohl nicht beigebracht anzuklopfen, bevor du eintrittst«, knurrt Atiq wütend.

»Ich habe beide Hände voll. Ich wollte dich nicht erschrecken.«

Atiq leuchtet den Besucher mit der Lampe an. Ein Mann in den Sechzigern, baumlang, mit gewölbten Schultern, einem grotesken Hals und einer unförmigen Kappe über krausem Haar. Ein schneeweißes Kinnbärtchen zieht sein hageres Gesicht noch ein bißchen mehr in die Länge, und seine Glubschaugen scheinen gleich aus ihren Höhlen zu springen, als litte er grauenhafte Schmerzen.

Er bleibt im Türrahmen stehen, unschlüssig lächelnd, und wartet auf ein Zeichen des Gefängniswärters, ob er nun eintreten oder umkehren soll.

»Ich habe Licht gesehen«, erklärt er. »Ich habe mir gesagt, dem braven Atiq geht's nicht gut, ich muß hinüber, ihm Gesellschaft leisten. Aber ich bin nicht mit leeren Händen gekommen. Ich habe ein wenig Dörrfleisch und Obst mitgebracht.«

Atiq denkt kurz nach, dann zuckt er die Achseln und deutet auf ein Schaffell am Boden. Überglücklich, hereingelassen zu werden, macht Nazish es sich am angewiesenen Platz bequem, schnürt ein kleines Bündel auf und breitet großzügig seine Gaben zu Füßen des Gefängniswärters aus.

»Ich habe mir gesagt, dem Atiq sind sie zu Hause auf den Geist gegangen. Er wäre kaum zu dieser Stunde ins Gefängnis gekommen, wo es keine Gefangenen gibt, hätte er nicht das Bedürfnis nach Ablenkung verspürt. Ich selbst fühle mich zu Hause auch nicht wohl. Mein hundertjähriger Vater will einfach nicht vernünftig werden. Er hat das Augenlicht verloren und den Gebrauch seiner Gehwerkzeuge, aber meckern kann er wie eh und je. Er ist ununterbrochen am Schimpfen. Früher haben wir ihm etwas zu essen gegeben, um ihn zum Schweigen zu bringen. Aber heute haben wir nicht mehr viel zwischen die Zähne zu schieben, und da er seine sowieso alle verloren hat, hält nichts mehr seine Zunge im Zaum. Manchmal bittet er uns erst um Ruhe, und dann ist er es, der kein Ende mehr findet. Vor zwei Tagen wollte er nicht mehr aufwachen. Meine Töchter haben ihn geschüttelt und mit Wasser besprengt; er hat sich nicht gerührt. Ich habe sein Handgelenk gefühlt, kein Puls. Ich habe mein Ohr an seine Brust gelegt, kein Atem. Ich habe gesagt, na schön, er ist tot, wir werden die Familie benachrichtigen und ihm ein schönes Begräbnis bereiten. Ich habe die Neuigkeit bei den Nachbarn verkündet, dann habe ich mich aufgemacht, das Dahinscheiden des Stammesältesten den Neffen und Cousins, allen Anverwandten und Freunden mitzuteilen. Ich habe den Vormittag damit zugebracht,

Kondolenzbekundungen und Sympathiebeweise entgegenzunehmen. Mittags komme ich wieder nach Hause zurück. Und wen finde ich im Hof, wie er alle ausschimpft und herumnörgelt? Meinen Vater, in Fleisch und Blut, genauso lebendig wie seine Beleidigungen, den Mund weit über seinem blassen Zahnfleisch aufgerissen. Ich glaube, er ist nicht mehr ganz bei Verstand. Man kann sich in seiner Gegenwart weder zu Tische setzen noch zu Bette legen. Sobald er jemanden vorüberkommen sieht, springt er ihn an und überschüttet ihn mit Vorwürfen. Manchmal verliere ich dann auch den Kopf und brülle ihn an. Dann schreiten die Nachbarn ein, und alle finden, daß ich dem Herrn Unrecht tue, wenn ich es meinem Erzeuger gegenüber an Geduld fehlen lasse. Um Gott nicht zu erzürnen, verbringe ich den größten Teil meiner Zeit auf der Straße. Sogar meine Mahlzeiten nehme ich schon im Freien ein.«

Atiq schüttelt betrübt den Kopf. Nazish ist auch nicht mehr der, der er einmal war. Er hatte ihn vor einem Jahrzehnt als Mufti in Kabul kennengelernt. Er wurde nicht gerade abgöttisch geliebt, aber zu seinen Freitagspredigten strömten doch immer Hunderte von Gläubigen herbei. Er wohnte in einem großen Haus mit Garten und schmiedeeisernem Portal, und manchmal kam es vor, daß er zusammen mit den Honoratioren zu offiziellen Anlässen eingeladen wurde. Seine Söhne waren im Krieg gegen die Russen gefallen, was sein Ansehen bei den örtlichen Behörden hob. Er schien sich über nichts zu beklagen, und niemand hätte sagen können, daß er Feinde hatte. Er lebte relativ zurückgezogen, von der Moschee ins Haus und vom Haus in die Moschee. Er las viel; seine Gelehrsamkeit nötigte den Leuten Respekt ab, auch wenn er nur gelegentlich einmal um Rat gebeten wurde. Dann, aus heiterem Himmel, sah man ihn eines Morgens mit verdrehten Augen und Schaum vor dem Mund wild gestikulierend durch die Straßen laufen. Zunächst wurde eine Besessenheit diagnostiziert, gegen welche die Exorzisten vergebens ankämpften, dann wurde er einige Monate lang in ein Heim gesperrt. Er fand nie wieder ganz zu seiner alten Form zurück. Manchmal hat er lichte Momente, und dann sucht er die Einsamkeit, um die Scham darüber zu verbergen, was aus ihm geworden ist. Oft sitzt er einfach nur so da, vor seiner Tür, unter einem zerschlissenen Sonnenschirm, und sieht den Tagen und den Leuten, die vorüberziehen, mit derselben Gleichgültigkeit nach.

»Weißt du, was ich tun werde, Atiq?«

»Wie soll ich das wissen? Du erzählst mir ja nichts.«

Nazish spitzt die Ohren, um sich zu vergewissern, daß keiner ihn hören kann, dann beugt er sich zum Gefängniswärter vor und flüstert ihm geheimnistuerisch zu:

»Ich werde fortgehen ...«

»Und wohin willst du gehen?«

Nazish blickt zur Tür, hält den Atem an und lauscht. Mißtrauisch steht er auf, tritt auf die Straße hinaus, um ganz sicherzugehen, daß dort ja keiner ist, und kommt dann mit vor aberwitziger Freude blitzenden Augen zurück.

»Nicht die leiseste Ahnung. Ich gehe einfach fort, und fertig. Ich habe mein Bündel geschnürt, meinen Knotenstock und mein Geld bereitgelegt. Sobald mein rechter Fuß wieder gesund ist, gebe ich ihnen ihre Rationierungskarte und alle Papiere, die ich habe, zurück, und dann breche ich auf, ohne Danke schön oder Adieu zu sagen. Ich werde auf gut Glück irgendeinen Weg einschlagen, immer geradeaus, bis zum Ozean. Und wenn ich an der Küste angelangt bin, dann stürze ich mich ins Meer. Ich komme nie wieder nach Kabul zurück. Die Stadt ist verdammt. Hier gibt es kein Heil mehr. Es sterben zu viele Leute, und die Straßen sind voller Witwen und Waisen.«

»Und voller Taliban.«

Nazish schnellt zur Tür herum, verschreckt von der Bemerkung des Gefangenenwärters, hebt angewidert seinen dürren Arm und schraubt seinen Hals einen Zoll höher, während er grummelt:

»Die kommen auch noch an die Reihe.«

Atiq nickt zustimmend. Er greift sich einen Streifen Dörrfleisch, betrachtet ihn skeptisch. Nazish stopft sich zwei Bissen in den Mund, um ihm zu beweisen, daß es ungefährlich ist. Atiq schnuppert noch eine Weile an dem Fleisch, dann legt er es aus der Hand; er wählt eine Frucht aus und beißt herzhaft hinein.

»Bis wann ist dein Fuß denn wieder gesund?«

»In ein oder zwei Wochen. Und dann, dann werde ich keinem etwas sagen, dann nehm' ich einfach meine Siebensachen und hoppla!, weg bin ich. Ich werde so lange laufen, bis ich umfalle, immer geradeaus, ohne mit den Leuten zu reden, ohne irgendwem unterwegs zu begegnen. Laufen, laufen, laufen, bis meine Fußsohlen mit meinen Sandalen verwachsen sind.«

Atiq leckt sich die Lippen, nimmt sich eine zweite Frucht, wischt sie an seiner Weste ab und läßt sie im Mund verschwinden.

»Du sagst ständig, daß du fortgehen willst, aber du bist noch immer da.«

»Mein Fuß ist doch krank.«

»Davor war es deine Hüfte, die dir weh getan hat, und vor der Hüfte war es der Rücken, und vor dem Rücken waren es die Augen. Jetzt redest du schon seit Monaten vom Weggehen, und du bist noch immer da. So wie gestern, so wie morgen. Du gehst doch nirgendwohin, Nazish.«

»Doch, ich werde fortgehen. Und ich werde die Spuren meiner Schritte auf den Wegen verwischen. Kein Mensch wird wissen, wohin ich gegangen bin, und ich werde nicht wissen, wie ich zurückfinden kann, falls die Lust heimzukehren mich einholen sollte.«

»Ach was«, entgegnet Atiq in der eindeutigen Absicht, unfreundlich zu sein, als ob er sich durch die Widerworte, mit denen er den armen Teufel brüskiert, für das eigene Mißgeschick schadlos halten könnte, «du gehst doch nicht fort. Du bleibst hier im Viertel, so festgewachsen wie die Bäume. Nicht, daß deine Wurzeln dich zurückhalten würden, aber Leute deines Schlages, die verstehen es nicht, sich weiter fort zu wagen, als ihr Blick reicht. Sie phantasieren von fernen Ländern, endlosen Wegen, unvorstellbaren Expeditionen, eben weil sie sie nie im Leben realisieren können.«

»Woher willst du das wissen?«

»Ich weiß es eben.«

»Du kannst doch gar nicht wissen, was die Zukunft noch für uns bereithält, Atiq. Gott allein ist allwissend.«

»Man muß keine Kristallkugel zu Rate ziehen, um vorauszusehen, was die Bettler morgen tun werden. Morgen, sobald der Tag anbricht, werden wir sie am selben Ort vorfinden, mit ausgestreckter Hand und meckernder Stimme, genauso wie gestern und all die Tage davor.«

»Ich bin aber kein Bettler.«

»In Kabul sind wir alle Bettler. Und du, Nazish, du wirst morgen wieder auf deiner Türschwelle sitzen, im Schatten deines verflixten kaputten Sonnenschirms, und darauf warten, daß deine Töchter dir deine ärmliche Mahlzeit bringen, die du im Straßenstaub verzehren wirst.«

Nazish ist traurig. Er versteht nicht, warum der Gefängniswärter sich weigert, ihm auch nur soviel Unternehmungsgeist zuzutrauen, wie ihn letztendlich viele Leute haben, und er hat keine Ahnung, wie er ihn umstimmen könnte. Er schweigt eine Weile und zieht dann schließlich sein Bündel zu sich heran; denn der Gefängniswärter ist seiner Großzügigkeit nun wirklich nicht mehr würdig.

Atiq lacht höhnisch auf, sichert sich schnell noch eine Frucht, die dritte, und legt sie beiseite.

»Früher hat man mir geglaubt, wenn ich etwas gesagt habe«, sagt Nazish.

»Früher warst du auch noch klar im Kopf«, entgegnet der Gefängniswärter unbarmherzig.

»Du glaubst wohl, daß ich jetzt plemplem bin?«

»Da bin ich leider nicht der einzige.«

Nazish wackelt bestürzt mit dem Kopf. Mit unschlüssiger Hand ergreift er sein Bündel und steht auf.

»Ich gehe heim«, sagt er.

»Eine hervorragende Idee.«

Er schleppt sich bis zur Tür, todtraurig. Ehe er verschwindet, bekennt er mit tonloser Stimme:

»Es stimmt ja. Jede Nacht sage ich, daß ich fortgehen werde, und am Tag darauf bin ich immer noch da. Ich frage mich nur, was mich eigentlich hier zurückhält.«

Kaum ist Nazish fort, streckt Atiq sich wieder auf dem Feldbett aus und verschränkt die Arme im Nacken. Doch der Anblick der Decke bringt ihn nicht eben auf andere Gedanken, und so setzt er sich wieder auf und stützt den Kopf in die Hände. Erneut flammt die Wut in ihm auf. Er ballt die Fäuste, krampft die Kiefer zusammen und erhebt sich, um nach Hause zu gehen, dabei schwört er sich, daß er seine Frau, wenn sie sich weiter in der Rolle des Sühneopfers gefällt, wirklich nicht länger verschonen wird.

6.

Mohsen Ramat ist erleichtert. Offenbar hat sich Zunairas Laune über Nacht gebessert. Sie ist bereits früh am Morgen aufgestanden, nicht mehr verstummt, mit Augen, fesselnder denn je. Mohsen fürchtete schon, sie hätte den Zwist vom Vorabend schlicht vergessen und würde ihm, sobald er ihr wieder einfiele, erneut böse sein. Doch Zunaira hat nicht vergessen; sie hat nur begriffen, daß ihr Mann in einer Notlage ist und daß er sie braucht. Ihm zu zürnen wegen einer archaischen, vorsintflutlichen Geste, die abstoßend, aberwitzig und absurd ist, doch bezeichnend für den Zustand Afghanistans, wegen einer abscheulichen Geste, die er bedauert und die ihn in schwerste Gewissensnöte stürzt, das brächte gar nichts, sondern würde ihn nur noch stärker verunsichern. Die Zustände in Kabul verschlimmern sich zusehends und reißen Menschen und Sitten mit in den Abgrund. Es ist das Chaos im Chaos, der Untergang im Untergang, und wehe dem, der nicht achtgibt. Wer jetzt allein ist, der ist rettungslos verloren. Neulich brüllte ein Narr lautstark durchs Viertel, Gott habe versagt. Der arme Teufel hatte offenkundig keine Ahnung, wie es um ihn bestellt war noch wohin sich sein Verstand verzogen hatte. Doch die Taliban in ihrer Unnachgiebigkeit fanden keine mildernden Umstände für seinen Wahn und peitschten ihn öffentlich zu Tode, mit verbundenen Augen und einem Knebel im Mund.

Zunaira ist keine Taliban und ihr Mann kein Narr; wenn er sich einen Moment lang verirrt hat, mitgerissen von der Massenhysterie, dann, weil das tägliche Grauen stärker ist als jede Wachsamkeit und der Abgrund, in den der Mensch gefallen ist, tiefer als die See. Mohsen ist im Begriff, sich den anderen anzupassen, ihrer Verzweiflung ähnlich zu werden, sich zu identifizieren mit ihrer

Regression. Seine Geste ist der Beweis, daß alles ohne Vorwarnung plötzlich umkippen kann.

Die Nacht war für beide lang. Mohsen hat bis zum Ruf des Muezzins auf seiner Stufe ausgeharrt, wie versteinert in seiner Seelennot. Auch Zunaira hat kein Auge zugetan. Auf ihrer Matte eingerollt, hat sie sich in ferne Erinnerungen geflüchtet, aus der Zeit, da sich statt der Galgen, die heute die staubigen Plätze entstellen, der Gesang der Kinder in die Lüfte erhob. Nicht jeder Tag war ein Fest, aber kein Fanatiker brüllte »Gotteslästerung!«, wenn am Himmel Drachen schwebten. Mohsens Hand ging wohl mit Umsicht zu Werke, bevor sie die seines guten Engels berührte, doch das schmälerte die beiderseitige Leidenschaft in keiner Weise. So war es eben Tradition, damit mußte man leben. Weit davon entfernt, sie zu behindern, behütete die Diskretion ihre Idylle vor dem bösen Blick und verlieh dem Schauer, der durch ihre Körper lief, wenn es ihren Fingern gelang, die Verbote zu umgehen, eine magisch-ekstatische Note. Sie hatten sich an der Universität kennengelernt. Er Sohn eines Bürgers, sie die Tochter eines Notabeln. Er studierte Politologie und strebte die Diplomatenlaufbahn an; sie hatte den Ehrgeiz, Anwältin zu werden. Er war ein rechtschaffener junger Mann, fromm, ohne zu übertreiben, sie eine aufgeklärte Muslimin, die dezente Kleidung trug, bisweilen Pluderhosen, als Zugabe den Schleier, und sich für die Emanzipation der Frauen engagierte. Ihrem Eifer kam nur das Lob, das man ihr zollte, gleich. Sie war brillant. Ihre Schönheit entflammte die Gemüter. Die jungen Männer verschlangen sie mit den Augen. Alle träumten davon, sie zu heiraten. Doch Mohsen war der Auserwählte; sie hatte sich auf den ersten Blick in ihn verliebt. Er war höflich, und wenn sie ihm zulächelte, errötete er rascher als eine Jungfrau. Sie hatten sehr jung und sehr schnell geheiratet, als hätten sie geahnt, daß die Katastrophe schon vor Kabuls Toren stand.

Mohsen macht keinen Hehl aus seiner Erleichterung. Im Gegenteil, er versucht sie rückhaltlos vor seiner Gattin auszubreiten, damit sie ermessen kann, wie sehr er sich nach ihr sehnt, sobald sie ihm nur einmal den Rücken kehrt. Er erträgt es nicht, wenn sie ihm böse ist; sie ist das letzte Band, das ihn noch mit irgend etwas auf dieser Welt verknüpft.

Zunaira sagt nichts. Aber ihr Lächeln ist beredt. Nicht das ganz erblühte Lächeln, das ihr Mann an ihr kennt, doch es reicht vollauf zu seinem Glück.

Sie serviert ihm sein Frühstück, nimmt auf dem Kissen gegenüber Platz und faltet die Hände über den Knien. Ihre Huri-Augen folgen einem Rauchkringel, haschen dann nach denen ihres Mannes.

»Du bist heute sehr früh aufgestanden«, bemerkt sie.

Er zuckt zusammen, überrascht, sie reden zu hören, als wäre nichts passiert. Ihre Stimme ist sanft, fast mütterlich, woraus er schließt, daß der Streit begraben ist.

Mohsen schluckt hastig sein Stück Brot hinunter und erstickt fast daran. Er wischt sich den Mund mit einem Taschentuch ab und bekennt:

»Ich war in der Moschee.«

Sie zieht ihre prächtigen Augenbrauen hoch:

»Um drei Uhr morgens?«

Er schluckt noch einmal, um seine Stimme zu klären, sucht nach einem plausiblen Argument und erklärt:

»Ich war nicht müde, also bin ich hinaus ins Freie, um vor der Tür ein wenig frische Luft zu schnappen.«

»Ja, es war sehr heiß heute nacht.«

Beide sind sich einig, daß die Schwüle und die Mücken seit einigen Tagen ganz besonders unangenehm sind. Mohsen setzt noch eins drauf und erzählt, daß sich die Mehrheit der Nachbarn vor der Hitze in den Hütten auf die Straße gerettet habe und manche gar erst bei Sonnenaufgang wieder hineingegangen seien. Das Gespräch kreist um die Unbilden der Jahreszeit, die Trockenheit, die seit Jahren in Afghanistan herrscht, und die Krankheiten, die sich wie tollwütige Falken auf die Familien stürzen. Sie reden von allem und nichts, ohne auch nur mit einer Silbe den Zwist vom Vorabend zu berühren noch die öffentlichen Hinrichtungen, die mittlerweile nahezu inflationär geworden sind.

»Und wenn wir eine Runde über den Markt drehten?« schlägt Mohsen vor.

»Wir haben doch keinen Pfennig.«

»Wir brauchen ja nichts zu kaufen. Wir können uns einfach nur den alten Plunder ansehen, den sie als Antiquitäten ausgeben.«

»Und was bringt uns das?«

»Nichts, aber immerhin ein bißchen Bewegung.«

Zunaira lacht leise, amüsiert von der pathetischen Stimmung ihres Mannes.

»Fühlst du dich hier nicht wohl?«

Mohsen wittert die Falle. Er kratzt sich verlegen die kreuz und quer abstehenden Härchen auf seinen Wangen, verzieht leicht das Gesicht.

»Das hat damit nichts zu tun. Ich habe einfach Lust, mit dir auszugehen. Wie in alten Zeiten.«

»Die Zeiten haben sich geändert.«

»Aber wir doch nicht.«

»Und wer sind wir?«

Mohsen lehnt sich gegen die Wand, verschränkt die Arme über der Brust. Er meditiert eine Weile über die Frage seiner Frau, findet sie übertrieben:

»Warum sagst du solche Dummheiten?«

»Weil es die Wahrheit ist. Wir sind doch nichts mehr. Wir haben unsere Errungenschaften nicht zu bewahren verstanden, und die Mullah-Lehrlinge haben alles an sich gerissen. Ich würde gern mit dir ausgehen, jeden Tag, jeden Abend, meine Hand unter deinen Arm schieben und mich von deinem Schwung mitreißen lassen. Es wäre wunderbar, du und ich, nebeneinander, vor einem Schaufenster oder an einem Tisch, plaudernd und die kühnsten Pläne schmiedend. Aber heute ist das nicht mehr möglich. Überall werden stinkende Vogelscheuchen lauern, bis an die Zähne bewaffnet, um uns zur Ordnung zu rufen und uns zu verbieten, an der frischen Luft den Mund aufzumachen. Bevor ich mich dem aussetze, mauere ich mich lieber zu Hause ein. Da muß ich mich wenigstens nicht hinter meinen Armen verstecken, wenn mir der Spiegel mein Bild zurückwirft.«

Mohsen ist nicht einverstanden. Er verzieht noch stärker das Gesicht, weist auf die Armseligkeit des Zimmers hin, auf die verschlissenen Zeltplanen vor den verrotteten Fensterläden, auf die Mauern, von denen der Kalk bröckelt, und die baufälligen Balken über ihrem Kopf.

»Das ist doch gar nicht unser Zuhause, Zunaira. Unser Zuhause, in dem wir uns unsere Welt erschaffen haben, hat eine Granate weggerissen. Das hier ist nur ein Unterschlupf. Ich wünschte mir, daß er nicht zu unserem Grab würde. Wir haben unser Vermögen verloren, verlieren wir nicht auch unsere Kultur. Die einzige Waffe, die uns bleibt, um Willkür und Barbarei zurückzustoßen, ist, uns auf unsere Erziehung zu besinnen. Wir sind als Menschen erzogen worden, mit einem Auge auf dem Teil, der des Herrn ist, und dem anderen Auge auf dem Teil der Sterblichen, die wir sind; wir haben Kronleuchter und Straßenlaternen hinreichend gut gekannt, um nicht an die alleinige Erleuchtung durch Kerzenlicht zu glauben, wir haben die Freuden des Daseins genossen und sie für ebenso gut befunden wie die ewige Seligkeit. Wir können nicht dulden, daß man uns wie Vieh behandelt.«

»Sind wir nicht schon längst dazu geworden?«

»Da bin ich mir nicht so sicher. Die Taliban haben einen Moment des Übergangs ausgenutzt, um einen furchtbaren Schlag gegen die Besiegten zu führen. Doch das war noch lange nicht der Gnadenstoß. Das müssen wir uns unbedingt klarmachen.«

»Und wie?«

»Indem wir ihr Diktat mit Füßen treten. Wir werden ausgehen. Du und ich. Natürlich werden wir uns nicht bei der Hand fassen, aber nichts hindert uns daran, nebeneinander herzugehen.«

Zunaira schüttelt den Kopf.

»Ich lege keinen Wert darauf, mit schwerem Herzen nach Hause zu kommen, Mohsen. Was ich auf der Straße sehe, wird mir den Tag sinnlos verderben. Ich bin nicht fähig, an etwas Grausigem einfach vorbeizugehen und so zu tun, als wäre nichts. Außerdem lehne ich es ab, den Tschadri zu tragen. Von allen Bürden ist er die erniedrigendste. Ein Nessusgewand würde meine Würde nicht so angreifen wie diese düstere Aufmachung, die aus mir eine Sache macht, mein Gesicht ausradiert und mir meine Identität nimmt. Hier wenigstens bin ich *ich*, Zunaira, die Frau des Mohsen Ramat, zweiunddreißig Jahre alt, vom Obskurantismus entlassene Juristin, entlassen ohne Prozeß und ohne Schadensersatz, aber noch genügend beieinander, um mich täglich zu kämmen und über meine Kleidung zu wachen wie über meinen Augapfel. Mit diesem verfluchten Schleier bin ich weder ein menschliches Wesen noch ein Tier, nur ein Affront oder ein Schandfleck, den man wie ein Gebrechen verstecken muß. Das ist unerträglich. Vor allem für eine ehemalige Anwältin, eine Frauenrechtlerin. Ich bitte dich, denke nur nicht, daß ich mich ziere. Ich würde mich, wenn ich könnte, schon ganz gerne zieren, aber der Sinn steht mir nicht danach. Leider. Verlange nicht von mir, auf meinen Vornamen zu verzichten, auf meine Gesichtszüge, meine Augenfarbe und die Fülle meiner Lippen, für einen Spaziergang durch Elend und Trostlosigkeit; verlange nicht von mir, weniger noch als ein

Schatten zu sein, ein namenloses Geraschel, das man in feindliche Gefilde entläßt. Du weißt doch, wie empfindlich ich reagiere, Mohsen; ich würde es mir verübeln, dir etwas zu verübeln, wo du doch nur versuchst, mir eine Freude zu machen.«

Mohsen hebt die Hände. Zunaira hat plötzlich Mitleid mit diesem Mann, dem es nicht gelingt, in einer völlig durcheinander geratenen Gesellschaft noch seinen Platz zu finden. Schon vor der Machtergreifung der Taliban fehlte es ihm an Entschlossenheit, und er begnügte sich damit, von seinem Vermögen zu leben, statt sich der Herausforderung anspruchsvoller Projekte zu stellen. Er war nicht faul; doch ihm graute vor jeder Art von Schwierigkeit, und er ging allen Komplikationen aus dem Weg. Er war jemand, der ohne Ausschweifungen von seinen Einkünften lebte, ein wunderbarer Ehemann, liebevoll und zuvorkommend. Er enthielt ihr nichts vor, schlug ihr nichts ab und gab so leicht ihren Bitten nach, daß sie oft das Gefühl hatte, seine Freundlichkeit zu mißbrauchen. So war er nun einmal, großherzig, schneller mit einem Ja zur Stelle als bereit, kritische Fragen zu stellen. Die zahllosen Umwälzungen, die durch die Taliban hervorgerufen wurden, haben ihn völlig aus der Bahn geworfen. Mohsen hat keine Orientierungsmarken mehr noch die Kraft, sich neue zu erfinden. Er hat seine Güter und Privilegien, seine Verwandten und seine Freunde verloren. Abgesunken in den Rang eines Unberührbaren, vegetiert er von einem Tag zum nächsten dahin und verschiebt das Vorhaben, sich wieder in den Griff zu bekommen, auf später.

»Gut«, gibt sie nach, »einverstanden, laß uns ausgehen. Lieber gehe ich tausend Risiken ein, als dich derart deprimiert zu sehen.«

»Ich bin nicht deprimiert, Zunaira. Wenn du zu Hause bleiben willst, ist das auch in Ordnung. Glaub mir, ich nehme dir das nicht übel. Du hast recht. Die Straßen von

Kabul sind gräßlich. Man kann nie wissen, was einen erwartet.«

Zunaira lächelt über die Sprüche ihres Mannes, die in deutlichem Kontrast zu seiner trüben Miene stehen.

Sie sagt: »Ich gehe nur schnell meinen Tschadri holen.«

7.

Schützend hält Atiq Shaukat sich die Hand über die Augen. Die Hundstage sind noch lange nicht ausgestanden. Keine neun Uhr, und schon hämmert die Sonne unerbittlich wie ein Schmied auf alles ein, was sich bewegt. Fuhrwerke und Lieferwagen strömen aus allen Richtungen dem Großmarkt zu, erstere mit halbleeren Kisten oder welkem Gemüse beladen, letztere mit Passagieren, die wie die Sardinen übereinandergestapelt sind. Die Menschen schleppen sich durch die Gassen, lassen ihre Sandalen über den staubigen Boden schleifen. Ein paar klägliche Frauengrüppchen drücken sich dichtverschleiert und nahezu schlafwandlerisch unter befangener männlicher Aufsicht längs der Mauern entlang. Dann die Blagen, überall Blagen, auf dem Platz und den Straßen, zwischen den Fahrzeugen und rund um die Garküchen, Hunderte von Blagen mit grünschleimigen Nasenlöchern und stechendem Blick, sich selbst überlassen, können kaum aufrecht stehen und beunruhigen einen schon, wie sie da still an jener Hanfschnur flechten, an der sie eines Tages, sicher schon bald, das letzte Heil der Nation kurzerhand aufknüpfen werden. Atiq beschleicht stets ein zutiefst ungutes Gefühl, wenn er sieht, wie sie unaufhaltsam die Stadt überschwemmen, vergleichbar jenen Hundemeuten, die aus dem Nichts auftauchen und erst die Mülltonnen, dann die Mülldeponien und am Ende den ganzen Stadtteil besiedeln und die Bevölkerung in Angst und Schrecken versetzen. Die unzähligen Koranschulen, die wie die Pilze an jeder Straßenecke aus dem Boden schießen, reichen nicht mehr aus, sie aufzunehmen. Täglich wächst ihre Zahl und zugleich die Bedrohung, und in Kabul kümmert sich niemand darum. Atiq hat sein Leben lang beklagt, daß Gott ihm keine Kinder geschenkt hat, aber seit die

Straßen nicht mehr wissen, wohin damit, schätzt er sich glücklich. Wozu sich mit einem Haufen Kinder behängen, um sie dann auf kleiner Flamme vor Hunger krepieren oder als Kanonenfutter draufgehen zu sehen für einen *stan**, der sich in einem endlosen Krieg gefällt, mit dem er sich auch noch identifiziert?

Überzeugt, daß seine Unfruchtbarkeit ein Segen ist, klatscht Atiq mit der Peitsche gegen seinen Schenkel und marschiert Richtung Innenstadt.

Nazish döst im Schatten seines Sonnenschirms mit seltsam verdrehtem Hals vor sich hin. Man könnte meinen, er habe die ganze Nacht hier verbracht, vor seiner Tür im Schneidersitz auf der bloßen Erde. Als er Atiq kommen sieht, stellt er sich schlafend. Atiq geht grußlos an ihm vorüber. Gut dreißig Schritte später bleibt er stehen, wägt Für und Wider ab und macht kehrt. Nazish, der ihn aus den Augenwinkeln beobachtet hat, ballt die Fäuste und verkriecht sich noch eine Spur tiefer in sein Eck. Atiq baut sich vor ihm auf, die Arme über der Brust verschränkt, dann kauert er sich hin und beginnt, mit der Fingerspitze geometrische Figuren in den Staub zu zeichnen.

»Ich war ganz schön gemein gestern abend«, bekennt er.

Nazish preßt die Lippen zusammen und bekommt noch mehr Ähnlichkeit mit einem geschlagenen Hund.

»Dabei hatte ich dir wirklich nichts getan.«

»Ich bitte dich um Verzeihung.«

»Ach was!«

»Doch, ich bestehe darauf. Ich habe mich dir gegenüber sehr schlecht benommen, Nazish. Ich war böse, ungerecht, dumm.«

»Aber nein, du warst nur ein klein bißchen unangenehm.«

* (pers.) Land, Nation. Daher auch die Ländernamen (Afghanistan, Pakistan etc. (A. d. Ü.).

»Ich mache mir Vorwürfe.«

»Das brauchst du nicht.«

»Verzeihst du mir?«

»Versteht sich doch von selbst. Und außerdem, ganz unverdient war es ja nicht. Ich hätte ja auch eine Sekunde nachdenken können, statt dich gleich so zu überfallen. Du warst da, in diesem leeren Gefängnis, um deine Ruhe zu haben und mit klarem Kopf über deine Sorgen nachzudenken. Und ich, ich platze ohne Ankündigung herein und erzähle dir von Dingen, die dich gar nicht betreffen. War meine Schuld. Ich hätte dich nicht stören dürfen.«

»Stimmt schon, ich mußte allein sein.«

»Siehst du – jetzt mußt du mir verzeihen.«

Atiq streckt die Hand aus. Nazish nimmt sie schnell, hält sie lange fest, wirft, noch immer ohne loszulassen, einen Blick in die Runde, um sicher zu sein, daß die Luft rein ist, dann räuspert er sich und meckert mit kaum hörbarer Stimme, so bewegt ist er:

»Glaubst du, daß man eines Tages in Kabul wieder Musik hören wird?«

»Wer weiß?«

Der Griff des Alten verstärkt sich, und sein knochiger Hals dehnt sich in Verlängerung seiner Klage:

»Ich hätte solche Lust, mal wieder ein Lied zu hören. Du ahnst gar nicht, wie groß mein Verlangen danach ist. Ein Lied mit Musik und einer Stimme, die dir in die Glieder fährt, die dir durch Mark und Bein geht. Glaubst du, daß man eines Tages oder Abends einfach wieder das Radio anstellen und bis zum Umfallen ein Orchester nach dem anderen hören kann?«

»Gott allein ist allwissend.«

Die Augen des Alten, einen Augenblick lang trüb, beginnen schmerzlich zu glühen, und die Glut scheint aus der Tiefe seines Wesens zu kommen, als er sagt:

»Die Musik ist der wahre Atem des Lebens. Man ißt,

um nicht zu verhungern. Man singt, um zu hören, daß man lebt. Verstehst du das, Atiq?«

»Im Augenblick habe ich anderes im Kopf.«

»Als ich Kind war, hatte ich oft nicht genug, um meinen Hunger zu stillen. Das war gar nicht so schlimm. Mir reichte es schon, wenn ich mich auf einen Ast setzen und Flöte spielen konnte, um mein Magenknurren zu übertönen. Und wenn ich singen konnte, ob du mir nun glaubst oder nicht, dann ging es mir einfach nur gut.«

Die beiden Männer sehen sich an. Ihre Mienen sind höchst angespannt. Schließlich zieht Atiq seine Hand zurück und erhebt sich.

»Auf Wiedersehen, Nazish.«

Der Alte nickt. Als der Gefängniswärter sich anschickt, seinen Weg fortzusetzen, hält er ihn am Hemdzipfel zurück.

»Warst du gestern aufrichtig, Atiq? Glaubst du im Ernst, daß ich nicht von hier weggehen werde, daß ich hier angewachsen bin wie ein Baum und niemals den Ozean noch die fernen Länder hinter dem Horizont sehen werde?«

»Das kann ich dir nicht beantworten.«

»Ich will, daß du es mir ins Gesicht sagst. Du bist kein Heuchler, und du nimmst keine Rücksicht auf Empfindlichkeiten, wenn du den Leuten deine Meinung sagst. Ich habe keine Angst, und ich werde dir auch nicht böse sein. Ich muß es einfach ein für allemal wissen: glaubst du wirklich, daß ich diese Stadt niemals verlassen werde?«

»Doch … mit den Füßen voran, gewiß.«

Spricht's und entfernt sich, wobei er die Peitsche über seine Hüfte schnalzen läßt.

Er hätte den Alten auch schonen können, sagt er sich, ihn im Glauben lassen, daß es immer eine Hoffnung gibt, so unmöglich sie auch erscheinen mag. Er versteht nicht, was da plötzlich über ihn gekommen ist, warum die boshafte Lust, die Verzweiflung des armen Teufels zu schüren, mit einemmal die Oberhand gewonnen hat. Dieses unwiderstehliche Bedürfnis, in zwei Worten zu ruinieren, was er in hunderten beschworen hat, gibt ihm zu denken, aber es ist wie ein Juckreiz; wenn er sich auch bis aufs Blut kratzen müßte, er wollte doch nicht darauf verzichten ... Gestern abend bei seiner Heimkehr hat er Mussarat schlafend vorgefunden. Ohne es sich erklären zu können, hat er mit Absicht erst einen Hocker umgestoßen, dann die Fensterläden zugeknallt und vor dem Zubettgehen noch lautstark eine lange Litanei von Koranversen rezitiert. Am nächsten Morgen wurde er sich seiner Flegelei bewußt. Trotzdem würde er, denkt er, sich heute abend, wenn er seine Frau wieder schlafend vorfände, genauso aufführen.

So war er früher nicht, Atiq. Gewiß, er galt nie als besonders liebenswürdig, aber er war auch nicht bösartig. Zu arm, um großzügig zu sein, übertrieb er keineswegs, wenn er sich des Gebens in der Absicht, keinerlei Gegenleistung zu erwarten, enthielt. Er stellte an niemanden Ansprüche und war in niemands Schuld. In einem Land, in dem die Friedhöfe sich ebenso weit erstrecken wie die Brachflächen und die Leichenzüge die natürliche Fortsetzung der Militärkonvois bilden, hat ihn der Krieg gelehrt, sich nicht zu eng an Menschen zu binden, die ein einfacher Stimmungsumschwung ihm rauben konnte. Atiq hatte sich absichtlich in seinen Kokon eingesponnen, zum Schutz vor verlorener Liebesmüh. Er fand, er habe mehr als genug gesehen, um sich vom Schicksal seines Nächsten noch anrühren zu lassen, scheute wie die Krätze jede Form von Empfindsamkeit und begrenzte den Schmerz der Welt auf das eigene Leid. Und doch ist es ihm seit einiger Zeit nicht mehr genug, seine Umwelt schlicht zu übersehen. Er, der sich doch geschworen hatte, seine Nase nur in die eigenen Töpfe zu stecken, findet plötzlich Gefallen daran, das Mißgeschick anderer zu nutzen, um mit dem eigenen besser zurechtzukommen. Ohne es zu merken, hat er eine seltsame Aggressivität entwickelt, die so zwang- wie rätselhaft ist und zu seiner seelischen Verfassung zu passen scheint. Er will nicht mehr alleine vor den Widrigkeiten des Daseins stehen, mehr noch: er versucht sich zu beweisen, daß er, indem er den anderen Lasten aufbürdet, die Bürde des eigenen Unglücks leichter erträgt. Er ist sich des Unrechts, das er Nazish zufügt, durchaus bewußt, doch weit davon entfernt, deshalb geknickt zu sein, kostet er es aus wie ein Husarenstück. Ist es das, was man unter Schadenfreude versteht? Wie auch immer, es entspricht ihm, und selbst wenn dabei nichts Konkretes herausspringt, hat er doch das Gefühl, auf seine Kosten zu kommen. Es ist, als ob er sich für etwas rächte, das sich ihm unablässig entzieht. Seit Mussarats Erkrankung ist er felsenfest davon überzeugt, daß das Schicksal ihn betrogen hat, daß seine Opfer und Zugeständnisse, daß all seine Gebete umsonst waren und sein Leben sich nie, nie, nie normalisieren wird …

»Du solltest mal einen Geisterbeschwörer aufsuchen«, schreckt eine kräftige Stimme ihn auf.

Atiq dreht sich um. Da sitzt Mirza Shah, auf demselben Stuhl vor demselben Laden wie am Abend zuvor, und spielt mit seiner Gebetskette. Er schiebt die Kappe weit aus der Stirn und zieht die Brauen hoch.

»Du bist nicht normal, Atiq. Ich habe dir doch gesagt, daß ich dich nie wieder dabei überraschen will, wie du mitten auf der Straße Selbstgespräche führst. Die Leute sind doch nicht blind. Sie werden dich für einen Irren halten und ihre Sprößlinge auf dich hetzen.«

»Noch habe ich nicht damit begonnen, meine Kleider zu zerreißen«, murrt Atiq.

»So wie's aussieht, wird das nicht mehr lange dauern.«

Atiq zuckt die Achseln und setzt seinen Weg fort.

Mirza Shah stützt kopfschüttelnd sein Kinn in die Hand

und blickt dem Gefängniswärter nach, der da das Weite sucht; er ist sich sicher, daß dieser, noch ehe er um die nächste Ecke biegt, seine Pantomime wieder aufnehmen wird.

Atiq ist wütend. Er hat den Eindruck, daß ihm die Stadt aus tausend Augen hinterherspioniert, daß Mirza Shah ihn verfolgt. Er macht längere Schritte, um schneller voranzukommen, überzeugt, daß der Mann auf der Terrasse in seinem Rücken ihn beobachtet und ihm im nächsten Augenblick eine spitze Bemerkung hinterherschicken wird. Er ist so wütend, daß er an der Straßenecke mit einem Paar zusammenstößt, erst die Frau anrempelt, dann noch über ihren Begleiter stolpert, der sich an der Mauer festhalten muß, um nicht hintenüberzufallen.

Atiq hebt seine Peitsche auf, stößt den Mann zurück, der sich aufzurichten versucht, und hastet schleunigst weiter.

»So ein Rüpel!« schimpft Mohsen Ramat, während er sich den Staub abklopft.

Zunaira gibt ihrem Tschadri unten am Saum ein paar Klapse und bemerkt, über das Gesicht ihres Mannes amüsiert:

»Er hat sich noch nicht einmal entschuldigt.«

»Hast du nichts?«

»Nichts außer einem kleinen Schrecken.«

»Na gut, um so besser.«

Sie zupfen ihre Gewänder zurecht, er verärgert, sie kichernd unter ihrer Maske. Mohsen bemerkt das erstickte Lachen seiner Frau. Er grummelt noch eine Weile vor sich hin, dann, von Zunairas guter Laune besänftigt, bricht auch er in Lachen aus. Sofort saust ein Knüppel auf seine Schulter nieder.

»Glaubt ihr, ihr seid hier im Zirkus?« brüllt ihn ein Taliban an, mit aufgerissenen Augen, die in seinem sonnenversengten Gesicht milchig wirken.

Mohsen versucht zu protestieren. Der Knüppel wirbelt durch die Luft und trifft ihn ins Gesicht.

»Auf der Straße wird nicht gelacht«, beharrt der Scherge. »Wenn ihr noch einen Rest von Anstand in euch habt, dann geht nach Hause und schließt doppelt hinter euch ab.«

Bebend vor Wut hält sich Mohsen die Backe.

»Was ist los?« höhnt der Taliban. »Willst du mir die Augen auskratzen? Nur zu, zeig, was du drauf hast, du Weibsgesicht!«

»Komm, laß uns gehen!« fleht Zunaira und zieht ihren Mann am Arm.

»Faß ihn nicht an, du! Bleib an deinem Platz!« brüllt der Taliban und läßt die Peitsche auf ihre Hüfte niedersausen. »Und sprich nicht in Gegenwart eines Fremden.«

Angelockt von der Auseinandersetzung, kommt eine Gruppe Schergen näher, die Peitschen gut sichtbar. Der größte unter ihnen streicht sich mit spöttischer Miene über den Bart und fragt seinen Kollegen:

»Gibt's ein Problem?«

»Die glauben, daß sie im Zirkus sind.«

Der Große mustert Mohsen.

»Wer ist diese Frau?«

»Meine Gattin.«

»Na schön, dann benimm dich wie ein Mann. Bring ihr bei, sich abseits zu halten, wenn du mit anderen diskutierst. Wohin willst du überhaupt?«

»Ich bringe meine Gattin zu ihren Eltern«, lügt Mohsen.

Der Scherge mustert ihn eindringlich. Zunaira spürt, daß ihr die Beine gleich wegknicken werden. Panische Angst erfaßt sie. Schweigend fleht sie ihren Mann an, die Ruhe zu bewahren.

»Du wirst sie später dort hinbringen«, entscheidet der Scherge. »Jetzt wirst du dich erst einmal zu den Gläubigen gesellen, da drüben, in der Moschee. Mullah Bashir wird in weniger als einer Viertelstunde predigen.«

»Ich sage euch doch, ich muß meine Gattin …«

Zwei Peitschen fallen ihm ins Wort. Beide landen gleichzeitig auf seiner Schulter.

»Ich sage dir, daß Mullah Bashir in zehn Minuten predigt, und da erzählst du mir, du mußt deine Frau zu ihren Eltern bringen! Nicht möglich, was hast du denn in deinem Schädel? Verstehe ich recht, daß du einem Verwandtschaftsbesuch mehr Bedeutung beimißt als der Predigt eines unserer bedeutendsten Gelehrten?«

Mit der Spitze der Peitsche hebt er ihm das Kinn an, treibt seinen Blick in die Enge und stößt ihn verächtlich zurück.

»Deine Frau wird hier auf dich warten, an dieser Mauer, dort in der Nische. Du wirst sie später zu ihren Eltern bringen.«

Mohsen hebt die Hände zum Zeichen der Ergebenheit und geht nach einem flüchtigen Blick auf seine Frau zu dem grünweiß gekalkten Gebäude hinüber, vor dem andere Milizionäre die Passanten abfangen, um sie zu nötigen, Mullah Bashirs Predigt zu lauschen.

8.

»Daran, meine Brüder, besteht nicht der geringste Zweifel«, tönt Mullah Bashir von der Höhe seines Kropfes herab.

Sein Menschenfresserfinger zerteilt die Luft wie ein Schwert.

Er zieht sein Kissen zurecht, um bequemer zu sitzen, rutscht auf dem knackenden Podest herum, das ihm als Tribüne dient, ein Mammut von hypnotischer Ausstrahlung mit seinem massigen Gesicht, das aus einem faserigen Bart herausragt.

Seine wachen Augen schweifen über die Versammlung, funkelnd vor lebhafter, einschüchternder Intelligenz.

»Nicht der geringste Zweifel, meine Brüder. So wahr die Sonne sich im Osten erhebt. Ich habe die Berge konsultiert, die Zeichen des Himmels, die Wasser in den Flüssen und im Meer befragt, die Äste an den Bäumen und die Wagenspuren auf den Straßen; und alle haben sie mir bestätigt, daß die ersehnte Stunde gekommen ist. Ihr braucht nur die Ohren zu spitzen, dann hört ihr, wie jedes Ding auf Erden, jede Kreatur, jedes Geräusch es euch sagen, daß der glorreiche Augenblick zum Greifen nah ist, daß Imam Mehdi* unter uns weilt und unsere Wege erleuchtet sind. Wer auch nur eine Sekunde daran zweifeln sollte, gehört nicht zu uns. Diesen und seinesgleichen reitet der Teufel, und die Hölle wird in ihrem Fleisch unerschöpflichen Brennstoff finden. Ihr werdet sie in alle Ewigkeit klagen hören, daß sie es nicht verstanden haben, die Chance zu ergreifen, die wir ihnen auf silbernem Tablett präsentieren: die Chance, sich uns anzuschließen, sich ein für allemal unter die Fittiche des Herrn zu begeben.«

* Nach schiitischer Tradition Figur des Erlösers (A. d. Ü.).

Sein Finger klopft kurz und hart auf den Boden. Und wieder bedrängt sein aufpeitschender Blick die Zuhörerschaft, die in Totenstille erstarrt ist:

»Sie können uns jahrmillionenlang anflehen, wir werden doch so taub gegenüber ihrem Flehen bleiben, wie sie es heute ihrem Heil gegenüber sind.«

Mohsen Ramat macht sich eine Störung in den ersten Reihen zunutze, um einen schnellen Blick über die Schulter zu werfen. Er sieht Zunaira, die auf der Eingangsstufe einer Ruine gegenüber der Moschee sitzt und auf ihn wartet. Ein Scherge nähert sich ihr mit umgehängtem Gewehr. Sie steht auf, zeigt mit furchtsamer Hand auf die Moschee. Der Scherge blickt in die angegebene Richtung, nickt und geht weiter.

Mullah Bashir trommelt auf den Boden ein, um sich absolute Aufmerksamkeit auszubitten.

»Fortan besteht keinerlei Zweifel mehr. Das gerechte Wort hallt aus jedem Winkel der Erde wider. Die muslimischen Völker bündeln ihre Kräfte und ihre tiefsten Überzeugungen. Bald wird es nur noch eine Sprache auf Erden geben, nur noch ein Gesetz, einen Befehl, und zwar diesen!« brüllt er und schwingt dabei einen Koran … »Der Westen ist zugrunde gegangen, er existiert nicht mehr. Das Modell, das er den Dummköpfen anbot, ist gescheitert. Was ist das überhaupt für ein Modell? Was ist es eigentlich, was er da als Emanzipation, als Moderne ausgibt? Diese Gesellschaften ohne Moral, die er hervorgebracht hat, in denen der Profit dominiert, in denen Skrupel, Mitleid, Erbarmen einen feuchten Kehricht wert sind, in denen alle Werte nur in Geld meßbar sind, in denen die Reichen zu Tyrannen und die Arbeiter zu Sträflingen werden, in denen die Firma den Platz der Familie einnimmt, um die Menschen zu isolieren, um sie besser abzurichten und ungestraft zu entlassen, in denen die Frau sich in ihrem sündigen Status gefällt, in denen die

Männer untereinander heiraten, in denen das Fleisch vor aller Augen und in aller Öffentlichkeit verschachert wird, ohne die geringste Reaktion auszulösen, in denen ganze Generationen jämmerlicher Existenzen auf dem Abstellgleis landen, ausgeschlossen und verarmt? Ist dies das Modell, das seinen Stolz und seinen Erfolg ausmacht? Nein, ihr wackeren Gläubigen, man errichtet keine Monumente auf Treibsand. Der Westen ist hinüber, er ist kaputt, an seinem Gestank geht die Ozonschicht ein. Er ist ein verlogenes Universum. Was ihr in ihm zu sehen vermeint, ist nur ein Trugbild, ein lächerliches Phantom, in sich zusammenfallend auf den Trümmern seiner Haltlosigkeit. Er ist nichts als Augenwischerei, der Westen, eine riesige Farce, im Begriff, sich zu zersetzen. Sein Pseudo-Fortschritt ist eine Flucht nach vorn. Seine Gigantomanie oberflächliche Maskerade. Sein Eifer verrät nichts als Panik. Er steckt in der Klemme, sitzt in der Falle, liegt in den letzten Zügen. Mit seinem Glauben hat er auch seine Seele verloren, und wir werden ihm nicht dabei helfen, das eine oder das andere davon wiederzufinden. Er glaubt, daß seine Wirtschaft ihm Schutz bieten kann; er glaubt, daß er uns beeindrucken kann mit seiner Spitzentechnologie, daß er unsere Gebete mit seinen Satelliten abfangen kann; er glaubt, daß er uns abschrecken kann mit seinen Flugzeugträgern und seinen lumpigen Armeen … und er vergißt, daß man jene, die sich entschieden haben, für des Herren Ruhm zu sterben, nicht beeindrucken kann und daß, wenn seine Bomber sich auch unseren Radarschirmen entziehen, Gottes Wachsamkeit doch nichts entgeht.«

Seine Faust knallt grimmig auf das Podest.

»Und wer würde es wagen, sich mit Gottes Zorn zu messen?«

Ein gefräßiges Lächeln legt sein Zahnfleisch bloß. Mit den Fingern wischt er den Schaum beiseite, der sich in einem Mundwinkel angesammelt hat. Sachte, ganz sachte schüttelt er den Kopf, dann hackt sein Finger erneut auf den Boden ein, als wolle er ihn durchbohren.

»Wir sind die Soldaten Gottes, meine Brüder. Der Sieg ist unsere Berufung, das Paradies unsere Karawanserei. Und wenn einer der unseren seinen Wunden erliegt, ist alsbald eine Hundertschaft Huris, schön wie tausend Sonnen, zur Stelle, um ihn zu empfangen. *Und wähnet nicht die in Allahs Weg Gefallenen für tot; nein, lebend bei dem Herrn, werden sie versorgt* … Ihre Märtyrer hingegen werden den Leidensweg hienieden nur verlassen, um im ewigen Feuer zu schmoren. Wie Aas werden ihre Kadaver auf den Schlachtfeldern und im Gedächtnis der Überlebenden verfaulen. Sie werden keinen Anspruch auf die Gnade des Herrn noch auf unser Mitleid haben. Und nichts wird uns abhalten, die Erde der Muminin* zu säubern und zu bereinigen, damit von Jakarta bis Jericho, von Dakar bis Mexiko, von Khartum bis São Paulo und von Tunis bis Chicago der triumphierende Ruf des Minaretts …«

»Allahu akbar!« bricht es aus einem Gefährten des Mullahs hervor.

»Allahu akbar!« wogt es durch die Zuhörerschaft.

Zunaira fährt auf, als der Ruf durch die Moschee tost. Sie glaubt, der Gottesdienst sei vorüber, rafft die Stoffbahnen ihres Tschadri zusammen und stellt sich darauf ein, die Gläubigen herausströmen zu sehen. Nicht eine Silhouette taucht aus dem Gebetshaus auf. Im Gegenteil, die Schergen fangen weiter die Passanten ab und treiben sie mit Peitschenhieben dem grünweiß gestrichenen Gebäude zu. Die Stimme des Gurus hebt erneut an, von sich selbst mitgerissen. Manchmal steigt sie in solche Höhen empor, daß die gebannten Taliban ganz vergessen, die Vorbeigehenden zu kontrollieren. Sogar die Kinder, diese

* (arab.) Die Gläubigen (A. d. Ü.).

zerlumpten Wildfänge, lauschen unwillkürlich der Predigt, ehe sie sich kreischend in die übervollen Straßen stürzen.

Es dürfte inzwischen zehn Uhr sein, und die Sonne hat alle Hemmungen abgelegt. Die Luft sirrt vor Staub. Zunaira in ihrem Mumienschleier ist dem Ersticken nahe. Die Wut verknotet ihr den Magen und verschließt ihre Kehle. Eine Irrsinnslust, ihre Kutte in der Hoffnung auf einen imaginären Hauch Frische kurz zu lüften, reizt sie doppelt auf. Aber sie traut sich noch nicht einmal, sich ihr schweißnasses Gesicht an einer Stoffbahn des Tschadri abzuwischen. Wie eine Tollhäuslerin in ihrer Zwangsjacke bleibt sie auf ihrer Stufe sitzen, in sich zusammengesunken, in der Hitze zerfließend, ihrem Atem lauschend, der immer keuchender wird, und dem Pochen des Blutes in ihren Schläfen. Und mit einemmal ist sie wütend auf sich, verübelt es sich, da zu sein, auf der Schwelle einer Ruine sitzend, wie ein vergessenes Stoffbündel, das bald den verwunderten Blick der Passantinnen auf sich zieht, bald den verächtlichen der Taliban. Sie hat das Gefühl, ein verdächtiges Objekt zu sein, Fragen jeder Art ausgesetzt, und das martert sie. Scham steigt in ihr auf. Ein quälendes Verlangen, zu fliehen, auf der Stelle nach Hause zurückzukehren und die Tür hinter sich zuzuschlagen, um nie wieder dahinter hervorzukommen, befällt sie. Warum nur hat sie zugestimmt, ihrem Gatten zu folgen? Was gedachte sie in den Straßen von Kabul zu finden außer Misere und Anpöbeleien? Wie hatte sie nur einwilligen können, in diese monströse Kostümierung zu schlüpfen, die ein Nichts aus ihr macht, dieses wandelnde Zelt, das ihre Verbannung und ihr Kerker ist, mit dieser Gittermaske, die ihr kaleidoskopartig ins Gesicht geschnitten ist wie ein Muscharabieh*,

* In der arabischen Welt kunstvoll geschnitzte Gitterfenster, hinter denen die Frauen des Hauses alles beobachten können, ohne selbst gesehen zu werden (A. d. Ü.).

diesen Handschuhen, die sie daran hindern, die Dinge durch Berühren zu erkennen? Dazu die unerträglichen Eigenmächtigkeiten und Übergriffe! Genau das, was sie befürchtet hatte. Sie hat es ja gewußt, ihre Kühnheit würde sie dem aussetzen, was sie am meisten haßt, was sie noch im Schlaf von sich weist: der Erniedrigung, dem Verfall. Das ist eine Wunde, die sich durch nichts heilen, ein Gebrechen, dem sich durch nichts beikommen läßt, ein Trauma, das weder Reedukation noch Therapien besänftigen und mit dem man sich niemals abfinden kann – es sei denn um den Preis der Selbstverachtung, des Ekels vor sich selbst. Und diesen Ekel fühlt Zunaira ganz deutlich; er gärt in ihr, verbrennt ihr die Eingeweide und droht sie zu verzehren. Sie spürt, wie er tief in ihr drin wächst und wächst, wie ein Scheiterhaufen. Vielleicht ist das ja der Grund, weshalb sie unter ihrem Tschadri zerfließt und erstickt, weshalb ihre ausgedörrte Kehle eine Art Kremationsgeruch in ihre Mundhöhle auszuscheiden scheint. Eine unbezähmbare Wut beschwert ihre Brust, peinigt ihr Herz und läßt die Adern an ihrem Hals anschwellen. Ihr Blick trübt sich: gleich wird sie laut aufschluchzen. Unter grenzenloser Anstrengung ballt sie die Fäuste, um deren Zittern zu unterdrücken, richtet sodann den Oberkörper auf und macht sich daran, ihren Atem unter Kontrolle zu bekommen. Langsam, ganz langsam gelingt es ihr, die Wut wegzudrücken und ihren Kopf leer zu machen. Sie muß sich in Geduld fassen, sie muß einfach durchhalten, bis Mohsen zurück ist. Eine winzige Ungeschicklichkeit, ein noch so leises Protestsignal, und sie setzt sich unnütz dem Eifer der Taliban aus.

Mullah Bashir ist höchst inspiriert, stellt Mohsen Ramat fest. Vom Schwung seiner Schmähreden mitgerissen, unterbricht er seine Höhenflüge nur, um mit der Hand auf den Boden zu hämmern oder einen Krug mit Wasser an seine glühenden Lippen zu führen. Geschlagene zwei Stunden spricht er jetzt schon, vehement und gestenreich, und sein Speichel ist ebenso weißlich wie seine Augen. Sein Büffelatem vibriert im Saal wie ein Erdstoß. Die Gläubigen in den ersten Reihen nehmen unter ihren Turbanen die glühende Hitze gar nicht wahr. Die Weitschweifigkeit des Gurus hat sie buchstäblich in ihren Bann geschlagen, und sie sitzen mit aufgerissenen Mündern da, um nichts von dem erquickenden Wortschwall, der da auf sie niedergeht, zu verpassen. Hinter ihnen sind die Meinungen geteilt; da gibt es welche, die sich bilden, und andere, die sich langweilen. Viele sind unzufrieden, hier sein zu müssen statt andernorts bei ihrer Arbeit. Diese zappeln ständig hin und her und kneten ihre Finger. Ein Greis ist eingenickt, ein Taliban rüttelt ihn mit der Spitze seines Knüppels wach. Kaum aufgewacht, blinzelt der arme Kerl, als würde er den Ort, an dem er sich befindet, nicht wiedererkennen, wischt sich mit der Hand übers Gesicht und gähnt, dann erschlafft sein Vogelhals, und er döst wieder ein. Mohsen hat schon lange den Faden verloren. Was der Mullah sagt, dringt nicht mehr zu ihm vor. Besorgt dreht er sich immer wieder zu Zunaira um, die reglos auf ihrer Stufe kauert, dort drüben, auf der anderen Straßenseite. Er weiß, sie leidet unter ihrem Zelt, leidet unter der Sonne und darunter, überhaupt da zu sein, als Anomalie inmitten einer Schar von Gaffern, sie, die einen Horror vor jeglicher Zurschaustellung hat. Er sieht sie an, hofft, daß sie ihn inmitten dieses Haufens ernstblickender, befremdlich schweigsamer Gestalten überhaupt wahrnimmt und vielleicht versteht, wie sehr er bedauert, welche Wendung ein simpler Spaziergang durch diese Stadt genommen hat, in der alles in fieberhafter Bewegung ist, ohne wirklich voranzukommen. Etwas sagt ihm, daß Zunaira ihm böse ist. Ihre Starre ist so gesammelt, so konzentriert wie die einer verwundeten Tigerin, die gezwungenermaßen zum Angriff übergeht …

Eine Peitsche zischt in Höhe seiner Schläfe.

»Da vorn ist die Tribüne«, mahnt ihn der Taliban.

Mohsen fügt sich und wendet seiner Frau bekümmert den Rücken zu.

Als die Predigt zu Ende ist, springen die Schäfchen in den ersten Reihen euphorisch auf und stürmen auf den Guru zu, um ihm die Hand oder ein Stück von seinem Turban zu küssen. Mohsen muß sich gedulden, bis die Taliban den Gläubigen gestatten, die Moschee zu verlassen. Als er sich endlich dem Gedränge entziehen kann, ist Zunaira völlig benommen von der Sonne. Sie hat den Eindruck, daß die Welt ringsum sich verdunkelt hat, die Geräusche wie in Zeitlupe um sie kreisen, und sie hat Mühe, überhaupt noch hochzukommen.

»Fühlst du dich nicht gut?« fragt Mohsen.

Sie findet die Frage derart unsinnig, daß sie gar nicht darauf eingeht.

»Ich will nach Hause.«

Sie lehnt sich gegen das Tor und versucht, ihrer Sinne wieder mächtig zu werden, dann setzt sie sich wortlos in Bewegung, schwankend, mit unsicherem Blick, brodelndem Kopf. Mohsen versucht, sie zu stützen, sie stößt ihn grob zurück und schreit mit wunder Stimme:

»Rühr mich nicht an!«

In Mohsen löst der Schrei seiner Frau denselben Schmerz aus wie zwei Stunden zuvor die beiden Peitschen, die gleichzeitig auf seine Schulter niedersausten.

9.

Der Fahrer reißt brutal das Lenkrad herum, um einem riesigen Stein auszuweichen, verliert die Kontrolle und schlingert Richtung Straßenrand. Die altersschwachen Bremsen schaffen es nicht, den schweren Geländewagen zu stoppen, der unter ohrenbetäubendem Scheppern der Stoßdämpfer in ein Schlagloch knallt, ehe er wunderbarerweise am Rand der Piste zum Stehen kommt.

Seelenruhig schüttelt Qassim Abdul Djabbar den Kopf: »Willst du uns umbringen, oder was?«

Der Fahrer schluckt schwer, als er feststellt, daß eines der Räder keine zehn Zentimeter vom Abgrund entfernt ist. Er betupft sich mit einem Zipfel seines Turbans die Stirn, murmelt ein Stoßgebet, legt den Rückwärtsgang ein und gibt Gas.

»Wo kommt nur plötzlich dieser verflixte Felsbrocken her?«

»Vielleicht ist es ja ein Meteorit?« spöttelt Qassim.

Der Fahrer sucht mit dem Blick die Umgebung nach einer Erklärung dafür ab, wie der Gesteinsbrocken auf die Straße gelangen konnte. Als er die Augen zum nächstgelegenen Kamm hebt, sieht er einen Alten, der gerade den Hang hochstapft.

»Ist das da oben nicht Nazish?«

Qassim folgt dem Blick des Fahrers.

»Sollte mich wundern.«

Der Fahrer kneift die Augen zusammen, um sich auf das Häufchen Mensch zu konzentrieren, das waghalsig den Berg erklimmt.

»Wenn das nicht Nazish ist, dann muß es sein Zwillingsbruder sein.«

»Kümmer dich nicht um ihn und versuche lieber, mich heil nach Hause zu bringen.«

Der Fahrer nickt und gibt, unverbesserlich, wie er ist, auf der holprigen Piste Vollgas. Bevor er hinter einer Erdaufschüttung verschwindet, wirft er einen letzten Blick in den Rückspiegel, überzeugt, daß der fragliche Alte niemand anderes als jener einfältige Tölpel ist, der von Zeit zu Zeit um das Gefängnis herumstreicht, in dem Atiq Shaukat Dienst tut.

Völlig entkräftet, mit brennender Kehle und Pudding in den Beinen, bricht Nazish oben auf dem Gipfel erst einmal zusammen. Auf allen vieren versucht er, wieder zu Atem zu kommen, dann streckt er sich auf dem Rücken aus und überläßt sich seinem Schwindel. Der Himmel, zum Greifen nah, gibt ihm ein Gefühl von seltener Leichtigkeit; er hat den Eindruck, wie eine Schmetterlingspuppe aufzuplatzen, Wirbel um Wirbel, Windung um Windung aus den welken Panzerringen seines Körpers herauszuschlüpfen. So bleibt er liegen, lang ausgestreckt, mit zuckender Brust und ausgebreiteten Armen. Als sein Atem sich wieder beruhigt hat, setzt er sich auf und führt seinen Ziegenlederbeutel an die Lippen. Jetzt, da er den Berg besiegt hatte, würde ihn nichts davon abhalten können, es mit dem Horizont aufzunehmen. Er fühlt sich imstande, bis ans Ende der Welt zu laufen. Stolz auf seine Großtat, die unvorstellbar ist für einen Mann seines Alters, schwingt er seine Faust gen Himmel und läßt einen Blick voller Genugtuung über Kabul schweifen, diese alte Geisterbeschwörerin, die sich halsstarrig im eigenen Aufruhr verkapselt hat, wie sie dort liegt, ihm zu Füßen, zerfetzt, struppig, flach auf dem Bauch, die Kiefer zerbrochen von den vielen Niederlagen. Es war einmal eine Zeit, da Kabuls Ruf es mit jenem von Samarkand oder Bagdad aufnahm, da seine Könige, kaum inthronisiert, alsbald von riesigen Reichen träumten, die sich gewaltiger als das Firmament ausdehnten … Doch diese Zeit ist vorbei, denkt Nazish unwirsch, ihn würde man nicht mehr dabei ertappen, wie er um Erinnerungen herumstrich. Denn Kabul verabscheut jede Erinnerung. Die eigene Geschichte hat es in aller Öffentlichkeit hinrichten lassen, hat die Namen seiner Straßen in entsetzlichen Autodafés geopfert, seine Baudenkmäler in die Luft gesprengt und die heiligen Eide gelöst, die seine Gründer einst mit Feindesblut besiegelten. Heute sind Kabuls Feinde seine eigenen Sprößlinge. Sie haben ihre Vorfahren verleugnet und sich selbst völlig entstellt, um niemandem mehr ähnlich zu sein, vor allem nicht jenen geknechteten Wesen, die wie Phantome durch die Verachtung der Taliban und die Bannschwüre der Gurus irren.

Einen Steinwurf entfernt thront ein Waran auf einem Felsen, seinen langen Schwanz wie ein Schwert neben sich. Natürlich! Waffenstillstand unter Raubtieren ist ein schweres Mißverständnis. Im Lande der Afghanen, egal, ob man nun den Stämmen oder dem Tierreich zugehört, Nomade oder Tempelhüter ist, fühlt man sich nur in der Nähe einer Waffe lebendig. Der Königswaran hat also Posten bezogen; er wittert, ob nicht ein Hinterhalt in der Luft liegt. Aber Nazish will nicht mehr von Schlachten reden hören, von Belagerung, Säbel oder Gewehr; er will sich nicht mehr dem rachgierigen Blick der Gören ausliefern. Er hat beschlossen, dem Lärm der Maschinengewehre den Rücken zu kehren, an verlassenen Stränden zu sich selbst zu finden und den Ozean aus der Nähe zu besehen. Er will sich in dieses Land aufmachen, das er aus seinen Utopien geschöpft und aus Seufzern und Gebeten und seinen sehnlichsten Wünschen errichtet hat; ein Land, in dem die Bäume nicht vor Langeweile sterben, in dem die Wege so reiselustig wie die Vögel sind und in dem vor allem niemand kommt und an seiner Entschlossenheit zweifelt, jene unwandelbaren Landstriche zu erkunden, von denen er niemals zurückkommen wird. Er liest sieben Steine auf. Lange umfängt sein Blick trotzig die Stadt, in der nicht ein Anhaltspunkt zu ihm spricht. Plötzlich streckt sich sein Arm und katapultiert die Geschosse in weite Ferne, um das Schicksal zu beschwören und den Scheitan auf seinem Weg zu steinigen.

Der Geländewagen rattert wie wild über die unvorhersehbare Piste. Der Ausrutscher von vorhin hat den Fahrer kein bißchen zahmer gemacht. Qassim Abdul Djabbar klammert sich am Türgriff fest und faßt sich in Geduld. Seit sie das Dorf seiner Sippe verlassen haben, macht der junge Chauffeur, was er will. Er hat wie die meisten Krieger nie wirklich Autofahren gelernt und macht sich nicht klar, welche Schäden er dem Fahrzeug zufügt. Für ihn bemißt sich die Gefügigkeit der Maschine an der Geschwindigkeit, die er ihr aus den Eingeweiden kitzelt, ungefähr so wie beim Gaul. Qassim klammert sich an seinen Sitz und versucht, nicht weiter darauf zu achten; ohnehin wäre seine Verstocktheit keinem Argument zugänglich. Er denkt an den Stamm, der vom Krieg dezimiert ist, an die Witwen und Waisen, deren Zahl die Grenze des Erträglichen längst überschritten hat, an die Herden, deren Bestand unter der Strenge des Klimas gelitten hat, an das zerfallene Dorf, in dem länger zu verweilen er nicht für nötig befunden hat. Wenn es nur von ihm abhinge, würde er nie wieder einen Fuß dort hinsetzen. Aber seine Mutter ist gerade gestorben. Sie ist am Vorabend beerdigt worden. Da er zu spät zur Bestattung kam, hat er sich damit begnügt, über ihrem Grab eine Andacht zu halten. Ein paar Schweigeminuten und ein Koranvers, das mußte genügen. Dann hat er seinem Vater ein Bündel Banknoten in die Weste gesteckt und den Fahrer angeherrscht, ihn nach Kabul zurückzubringen.

»Wir hätten bis morgen bleiben können«, bemerkt der Chauffeur, als könne er Gedanken lesen.

»Warum?«

»Um uns auszuruhen, zum Beispiel. Wir haben noch nicht mal was gegessen.«

»Es gab nichts für uns zu tun.«

»Du warst immerhin bei den Deinen.«

»Ja, und?«

»Na ja, ich weiß nicht, aber an deiner Stelle, da hätte ich mir doch mehr Zeit gelassen. Wie lange warst du jetzt nicht im Dorf? Wie viele Wochen ist das her? Monate, wenn nicht Jahre.«

»Ich fühle mich nicht wohl im Dorf.«

Der Fahrer stimmt zu, ohne ihm so recht zu glauben. Er beobachtet seinen Passagier aus dem Augenwinkel und findet, daß er sich merkwürdig benimmt für jemanden, der gerade seine Mutter verloren hat. Er wartet ab, bis er die nächste Kurve überstanden hat, dann legt er los:

»Einer von deinen Cousins hat mir erzählt, daß deine Mutter eine Heilige war.«

»Sie war eine gute Frau.«

»Wird sie dir fehlen?«

»Vermutlich, ich weiß nur nicht, wie. Sie war taubstumm. Ich werde von ihr, offen gestanden, kaum etwas in Erinnerung behalten. Außerdem war ich noch sehr jung, als ich von zu Hause fort bin. Ich trieb mich schon mit zwölf im ganzen Land herum, um mir meine Schale Reis zu verdienen. Ich kam selten nach Hause zurück. Jeden dritten Ramadan. So kommt es, daß ich die Entschlafene nicht so gut kannte, wie es sich gehört hätte. Für mich war sie die Frau, die mich zur Welt gebracht hat. Fertig. Ich war der sechste ihrer vierzehn Rangen, und der am wenigsten interessante. Mürrisch, verschlossen, mit der Faust schneller als mit dem Mundwerk dabei, und ich fand, daß es da zu viele Leute in dieser Bruchbude gab. Und zu wenig Ehrgeiz. Der Alte pflegte zu sagen, er habe sie geheiratet, damit sie seinen Befehlen nicht widerspräche. Darüber konnte er sich dann ausschütten vor Lachen. Ein verteufelter Scherzbold, dieser Alte. Knauserig, das schon, doch völlig anspruchslos, und nicht die Spur von gemein. Er hatte auch gar keinen Grund dazu. Die seltenen Eheszenen gingen in aller Stille vor sich und belustigten ihn mehr, als daß sie ihn in Rage brachten …«

Seine Rückschau füllt seinen Blick mit einem fernen Glanz. Er stülpt die Lippen vor und verstummt. Traurig ist er nicht; eher irgendwie desillusioniert, als ob die Erinnerungen ihm lästig wären. Nach langem Schweigen räuspert er sich und fügt, sich abrupt nach links wendend, hinzu:

»Vielleicht war sie eine Heilige. Warum auch nicht? Sie bekam nichts Schlimmes zu Ohren und gab nichts Böses von sich.«

»Eine Glückselige, sozusagen.«

»Das auch nicht ganz. Sie war ein ruhiger Mensch, der keinen Streit suchte und keine Feinde hatte. Für mich war sie die Verkörperung ihres Lächelns, ein ewig gleiches Lächeln, voll, wenn sie zufrieden war, schmal, wenn man sie ärgerte. Wenn ich zu früh von zu Hause fort bin, dann sicherlich aus diesem Grund. Sie gab mir das Gefühl, permanent gegen eine Wand anzusprechen.«

Der Fahrer steckt den Kopf aus dem Fenster und spuckt aus. Sein Speichel kreiselt im Staub, klatscht dann auf seinen Bart zurück. Er wischt ihn mit dem Handrücken fort und bemerkt in seltsam heiterem Ton:

»Ich habe meine Mutter nie kennengelernt. Sie starb bei meiner Geburt. Da war sie vierzehn. Der Alte hütete die Schafe ganz in der Nähe. War selbst noch ein Knabe. Ein wenig verloren in seinen Kindereien. Als meine Mutter zu stöhnen begann, hat er nicht die Spur von Panik gezeigt. Statt bei den Nachbarn Hilfe zu holen, wollte er allein damit fertig werden. Wie ein Großer. Die Sache nahm schnell eine üble Wendung. Aber er wollte da unbedingt alleine durch. Und das war's dann. Er hat keine Ahnung, wie ich überlebt habe; schlimmer, er begreift bis heute nicht, warum meine Mutter ihm zwischen den Händen krepiert ist. Es macht ihm noch immer zu schaffen, nach so vielen Jahren und vier Ehen ... Sie hat sehr gelitten, ehe sie ihre Seele aushauchte, meine Mutter. Ich habe sie nie gesehen, und doch ist sie immer ganz nah bei mir. Ich schwör's dir, manchmal spüre ich ihren Atem auf meinem Gesicht. Jetzt heirate ich schon zum dritten Mal in weniger als einem Jahr.«

»Wegen ihr?«

»Nein, meine beiden ersten Weiber waren ungehorsam. Sie waren zu lahm und stellten zu viele Fragen.«

Qassim begreift nicht, was das eine mit dem anderen zu tun hat. Er läßt sich gegen die Rückenlehne fallen und starrt an die Decke. Hinter einer Kurve ... Kabul! Das sich duckt inmitten seiner zerfetzten Boulevards, gleich einer tragischen Farce, und im Hintergrund, wie ein Geier, der nach Beute giert, Pul-e Charki, das düstere Gefängnis. Qassims Augen funkeln eigenartig auf. Denn er läßt keine Gelegenheit aus, die Elenden bis zum Fuß des Schafotts zu begleiten, um die Aufmerksamkeit der Mullahs auf sich zu ziehen. Er war ein hervorragender Krieger. Und hat den besten Ruf als Milizionär. Eines Tages, wenn er nur genug Ausdauer und Ergebenheit zeigt, wird er die Entscheidungsträger dahin bringen, daß sie ihn zum Direktor dieser Festung ernennen, will heißen der bedeutendsten Strafanstalt des Landes. So kann er sich in den Rang eines Notabeln erheben, gute Beziehungen knüpfen und sich ins Geschäftsleben stürzen. Und erst dann wird er den wohlverdienten Ruhestand des Kriegers in vollen Zügen genießen.

»Inzwischen ist sie wohl im Paradies angelangt?«

»Wer?« Qassim schreckt auf.

»Deine Mutter.«

Qassim mustert den Fahrer, der nicht ganz klar im Kopf zu sein scheint. Dieser lächelt ihm zu, während er den Wagen ungeschickt durch ein Gewirr von Spurrinnen manövriert. In diesem Augenblick führt eine Kurve sie von der Stadt ab, und Pul-e Charki versinkt hinter einem Sandsteinbruch.

Weiter unten, sehr viel weiter unten, dort, wo der Talweg in den trügerischen Wassern der Luftspiegelung verschwimmt, erklimmt ein Trupp Kamele den Hang. Noch weiter unten steht ein Mann auf einem Friedhof: Mohsen Ramat, den Berg betrachtend, der von der glitzernden Spur eines schweren Geländewagens durchzogen wird. Jeden Morgen kommt er hierher, die schweigsamen Gipfel zu betrachten, ohne sich freilich hinaufzuwagen. Seit sich Zunaira hinter einem beklemmenden Schweigen verschanzt hat, erträgt er die Nähe der Menschen nicht mehr. Sobald er zur Haustür hinaus ist, hat er nichts Eiligeres zu tun, als den alten Friedhof aufzusuchen, auf dem er Stunde um Stunde verbringt, einsam, fernab der Bazare, die von Marktschreiern und eifernden Milizionären verseucht sind. Dabei weiß er sehr wohl, daß seine Askese ihm nichts einbringen wird. Es gibt hier nichts zu sehen, bis auf den Verfall, und nichts zu erhoffen. Ringsum übertrifft die Dürre sich selbst. Man könnte meinen, sie entblöße sich nur, um die Verzweiflung der Menschen zwischen Felsgeröll und Gluthitze noch zu verstärken. Das wenige Grün, das sich hier und da zu zeigen wagt, verheißt keinerlei Aufblühen; die versengten Halme zerbröseln beim leisesten Hauch. Und die Flüsse, gigantischen dehydrierten Hydren gleich, schmachten in ihren wüsten Betten vor sich hin, den zürnenden Sonnengöttern haben sie nichts als ihre versteinerten Eingeweide zum Opfer zu bringen. Was sucht er inmitten dieser grotesken Gräber, am Fuß dieser schweigsamen Berge?

Der schwere Geländewagen kommt auf Höhe des Friedhofs an, hinter sich eine mächtige Staubwolke. Qassim wirft einen Blick auf den jungen Mann, der erschöpft zwischen den Toten umherirrt. Das ist doch derselbe Typ, den er schon am Vormittag hier gesehen hat, auf der Hinfahrt zu seinem Heimatdorf. Er mustert ihn einen Moment lang und fragt sich, was ihn wohl den ganzen Tag hier zurückgehalten haben mag, auf einem verlassenen Friedhof, unter einer bleiernen Sonne.

Der Fahrer entspannt sich und nimmt den Fuß vom Gas, sobald er in die ersten Sträßchen der Stadt einbiegt. Der Anblick all der Greise, die sich im Schatten der Bretterzäune drängeln, und die Horden von Rotzgören heitern ihn auf. Er ist froh, wieder zu Hause zu sein.

»Ein verteufelter Ausflug, wenn man das überhaupt noch Ausflug nennen kann«, gesteht er, während er einem Bekannten in der Menge zuwinkt. «Stundenlang die Wirbelsäule auf holprigen Pisten malträtiert und dazu jede Menge Dreck geschluckt.«

»Hör auf zu jammern«, brummt Qassim.

»Erst wenn ich den Motor ausgestellt habe«, grinst der Fahrer dickschädelig. «Was tun wir jetzt? Soll ich dich bei dir zu Hause absetzen?«

»Nicht sofort. Ich muß mir erst mal das Gehirn durchlüften. Da du mir andauernd mit deinem Zwangsfasten in den Ohren liegst, was hältst du davon, wenn wir zu Khorsan gingen und ein paar Spießchen verdrückten? Ich lade dich ein.«

»Ich warne dich, ich esse für vier.«

»Das macht mir keine Angst.«

»Du bist ein echter Fürst, Boß. Dank dir kann ich mich vollstopfen, bis es mir oben wieder rauskommt.«

Khorsan unterhält seine Garküche an der Ecke eines verwüsteten Platzes, direkt gegenüber einer Bushaltestelle. Die Rauchschwaden, die vom Grill aufsteigen, machen den Tornados, welche die Autos im Vorbeifahren aufwirbeln, die wenigen Luftzüge des Plätzchens streitig. Ein paar Kunden, darunter Atiq der Kerkerwärter, sitzen an wackeligen Tischen, die sich unter einem Flechtdach drängen; gleichgültig gegenüber der Sonne und den Fliegenschwärmen, rühren sie sich nur, um die ausgehungerten Straßenbengel zu verscheuchen, die der Geruch des gegrillten Fleisches über alle Maßen erregt. Khorsan wedelt, den Bauch auf den Knien, den Bart bis zum Nabel, mit einem Fächer über der Glut herum. Mit der anderen Hand wendet er die Fleischstücke über dem Feuer und leckt sich die Lefzen, wenn er sieht, daß der Braten gar ist. Der bullige Geländewagen, der vor ihm hält, bringt ihn nicht im geringsten aus dem Konzept. Er fächelt nur kurz den Staub beiseite, der sich rings um ihn zu verteilen beginnt, ohne dabei seine zischenden Koteletts aus dem Blick zu lassen. Qassim streckt ihm vier Finger entgegen und nimmt Platz auf einer wurmstichigen Bank; Khorsan bestätigt die Bestellung mit einem Kopfnicken und setzt sein Ritual andächtig fort.

Atiq schaut auf die Uhr. Seine Ungeduld ist augenfällig, doch ist es vor allem die Ankunft Qassim Abdul Djabbars, die seine Nervosität noch verstärkt. Was wird der denken, wenn er ihn hier antrifft, in einer Garküche, obwohl seine Wohnung in nächster Nähe ist? Er zieht den Kopf ein und verschanzt sich hinter seiner Hand, bis ein Junge ihm ein riesiges, in Paketpapier eingewickeltes Sandwich bringt. Atiq steckt es in eine Plastiktüte, legt ein paar Scheine auf den Tisch und marschiert los, ohne auf sein Wechselgeld zu warten. Als er schon glaubt, er sei aus dem Schneider, fängt Qassims Hand ihn ab.

»Läufst du etwa vor mir davon, Atiq?«

Der Gefängniswärter tut so, als fiele er aus allen Wolken.

»Schon zurück?«

»Warum verdrückst du dich so klammheimlich? Hast du mir etwas vorzuwerfen?«

»Ich kann dir nicht folgen.«

Qassim schüttelt enttäuscht den Kopf.

»Soll ich dir mal was sagen, Atiq? Was du da tust, ist

nicht gut. Nein, bitte, ist gar nicht nötig, lautstark zu protestieren. Ich will dir nicht die Leviten lesen. Ich finde bloß, daß du dich in letzter Zeit mächtig verändert hast, und das gefällt mir nicht. Eigentlich geht es mich ja nichts an, aber ich bring's nicht fertig, darüber hinwegzusehen. Vielleicht wegen der langen Jahre, die wir miteinander verbracht haben, manchmal in bester Laune, öfter im Unglück vereint. Ich will mich wirklich nicht einmischen in Dinge, die mich nichts angehen, doch nichts verbietet mir, dich darauf hinzuweisen, daß du, wenn du dich immer weiter in deine Sorgen vergräbst, irgendwann keinen Weg mehr herausfinden wirst.«

»So schlimm ist es auch wieder nicht. Ich habe nur einen schlechten Tag, das passiert schon mal.«

Qassim glaubt ihm kein Wort und verhehlt das auch nicht. Er beugt sich zu ihm vor:

»Brauchst du Geld?«

»Ich wüßte nicht, was ich damit anfangen sollte.«

Der Milizionär kratzt sich nachdenklich die Stirn. Dann schlägt er vor:

»Warum triffst du dich nicht einfach abends mit uns, bei Hadschi Palwan? Das sind alles Freunde, die da hinkommen. Wir trinken Tee, plaudern, reden über Truppen und Scharmützel und lachen über dieses und jenes Mißgeschick aus alten Zeiten. Das ist garantiert was für dich. Wir sind unter lauter alten Kumpeln, ganz entspannt. Wenn du Pläne hast, können wir zusammen darüber diskutieren, können Partner finden und in der nächsten Minute schon Nägel mit Köpfen machen. Ein Geschäft aufzuziehen ist keine Hexerei. Ein paar Ideen, ein Hauch von Motivation, und schon ist die Lok auf den Gleisen. Wenn du kein Geld hast, schießen wir dir was vor, und du zahlst es uns später zurück.«

»Es geht nicht um Geld«, erklärt Atiq verdrossen. »Sein Glanz hat mich noch nie verblendet.«

»Und dich, nach allem, was ich sehe, wohl auch noch nicht erleuchtet.«

»Das Dunkel stört mich nicht.«

»Das mußt du erst noch beweisen. Was mich betrifft, ich will dir nur sagen, daß es keine Schande ist, sich dann und wann einem Freund anzuvertrauen, wenn einen mal der Schuh drückt.«

»Hat Mirza Shah dich geschickt?«

»Siehst du? Du irrst dich auf der ganzen Linie. Ich brauche doch keinen Mirza Shah, um einem Kollegen, den ich schätze, die Hand zu reichen.«

Atiq starrt auf seine Plastiktüte. Seine Nackenwirbel ragen hervor. Mit der Fußspitze scharrt er einen Stein aus der Erde und beginnt, eine Kuhle in den Staub zu bohren.

»Kann ich jetzt gehen?« fragt er mit gepreßter Stimme.

»Aber natürlich, was für eine Frage!«

Atiq dankt mit einem Kopfnicken und zieht los.

»Es war einmal ein weiser Mann in Djalalabad«, hebt Qassim, der ihm gefolgt ist, mit einemmal an. «Ein sagenhafter Gelehrter. Auf alles hatte er eine Antwort. Wußte alles, was in den Büchern stand. Kannte die beglaubigten Hadithe auswendig und alle großen Ereignisse, welche die Geschichte des Islam vom Orient bis in den hintersten Okzident geprägt haben. Dieser Mann war einfach phantastisch. Wenn er bis in unsere Tage hinein gelebt hätte, dann wäre er wohl am Strick geendet oder enthauptet worden, denn sein Wissen überstieg jedes Fassungsvermögen. Und eines Tages, als er gerade unterrichtete, kam jemand und flüsterte ihm etwas ins Ohr. Der berühmte Gelehrte wurde aschfahl. Seine Gebetsschnur glitt ihm aus den Händen. Wortlos stand er auf und verließ den Raum. Man hat ihn nie wieder gesehen.«

Atiq zieht eine Braue in die Höhe:

»Was man ihm wohl ins Ohr geflüstert hat?« fragt er mißtrauisch.

»Darüber ist nichts bekannt.«

»Und die Moral von der Geschicht?«

»Man kann alles über das Leben und die Menschen wissen, doch was weiß man in Wahrheit über sich selbst? Atiq, mein Guter, verkomplizier dir das Leben nicht gar zu sehr. Du errätst ohnehin nie, was es für dich noch bereithält. Hör auf, dir den Kopf mit falschen Vorstellungen anzufüllen, mit unentwirrbaren Fragen und nutzlosem Räsonieren. Daß du auf alles eine Antwort findest, bewahrt dich doch nicht vor dem, was der folgende Tag in sich birgt. Der Gelehrte wußte vielerlei Dinge, doch das Wesentliche war ihm unbekannt. Leben, das heißt in erster Linie, damit zu rechnen, daß einem der Himmel jederzeit auf den Kopf fallen kann. Wenn du davon ausgehst, daß die Existenz nur eine Prüfung ist, dann bist du bestens gerüstet, um mit Leid und Überraschungen fertig zu werden. Wenn du aber weiter vom Leben erwartest, was es dir nicht geben kann, ist das der Beweis, daß du nichts verstanden hast. Nimm die Dinge, wie sie kommen, mach kein Drama daraus und keine Staatsaffäre; nicht du lenkst dein Boot, sondern der Strom deines Schicksals. Gestern habe ich meine Mutter verloren. Heute habe ich Andacht an ihrem Grab gehalten. Und jetzt bin ich bei Khorsan, um mir gleich was zwischen die Kiemen zu schieben. Heute abend will ich zu Hadschi Palwan gehen, um zu sehen, wie es bei den Kumpels so läuft. Wenn in der Zwischenzeit ein Unglück geschieht, ist das auch nicht das Ende der Welt. Es gibt keine schlimmere Liebe als jenen Blick, den man im Bahnhof wechselt, wenn die Züge sich in entgegengesetzter Richtung entfernen.«

Atiq bleibt stehen, den Nacken noch immer tief gebeugt. Er sinniert einen Moment lang, dann hebt er das Kinn und erkundigt sich:

»Ist es denn so offensichtlich, daß es mir schlechtgeht?«

»Wenn du mich fragst, es springt einem ins Auge.«

Atiq schüttelt den Kopf und entfernt sich.

Qassim blickt ihm betrübt hinterher, kratzt sich unterm Turban und geht zu seinem Fahrer in die Garküche zurück.

Das Leben ist doch bloß ein gnadenloser Verschleiß, denkt Mussarat. Ob man sich schont oder sich vernachlässigt, ändert gar nichts daran. Jeder Geburt wohnt bereits das Ende inne; das ist die Regel. Könnte der Körper sich ganz nach dem Kopf richten, würden die Menschen tausend Jahre alt. Aber der Wille hat nicht immer die Mittel, sich durchzusetzen, und die Weitsicht des Greises kann seine Knie auch nicht standfester machen. Die grundlegende Tragödie des Menschen rührt daher, daß niemand seine frommsten Wünsche überleben kann, welche überdies der wahre Grund seines Unglücks sind. Ist die Welt etwa nicht eine einzige Bankrotterklärung der Sterblichen, der monströse Beweis ihrer Vergänglichkeit? Mussarat hat beschlossen, sich dem Offensichtlichen nicht länger zu entziehen. Es nützt nichts, weiter den Kopf in den Sand zu stecken. Sie hat gegen das Übel, das sie zerfrißt, angekämpft, sich geweigert, die Hände einfach in den Schoß zu legen. Jetzt ist es an der Zeit, sich zu schonen, sich dem Unausweichlichen zu überantworten, dem einzigen, was bleibt, wenn alles andere versucht worden ist. Sie bedauert nur, in einem Alter weichen zu müssen, in dem die Ängste und Sehnsüchte bezähmbar werden. Mit Fünfundvierzig hat man das Leben noch vor sich, man kennt seine Nuancen, und man versteht besser, Maß zu halten; die Träume sind weniger trügerisch, der Schwung ist heiter und gelassen, und der Körper, den die Kralle der Begierde aus seiner Trägheit reißt, erbebt in einem Wissen, das die Umarmung an Innigkeit hinzugewinnen läßt, was sie an Frische verliert. Die Jahre zwischen Vierzig und Fünfzig, das ist das Alter der Vernunft, ein beachtlicher Trumpf, um Herausforderungen die Stirn zu bieten. Ein Alter, in dem die Überzeugung stärker ist als jeder Zweifel. Mussarat zweifelt nicht. Sie weiß nur, daß ihre Überzeugung sich nicht erfüllen wird. Es wird kein Wunder geben. Das bekümmert sie. Freilich nicht im Übermaß; es wäre nutzlos, fast grotesk, und eine Gotteslästerung sowieso. Gewiß, sie hätte sich auch gern hübsch gemacht, die Augen ausdrucksvoll mit Khol geschminkt und weit aufgerissen, damit ihnen ja nichts von denen Atiqs entgeht. Das ist nun nicht mehr möglich. Mit Fünfundvierzig schmerzt es, sich das einzugestehen. Leider entbindet der Schmerz von kaum irgend etwas. Das Bild, das ihr der kleine zersprungene Spiegel zurückwirft, ist gnadenlos; sie ist dabei, schneller zu vergehen als ihre Gebete. Ihr Gesicht ist nur noch ein fleischloser Schädel mit hohlen Wangen und eingefallenen Lippen. Ihr Blick hat schon diesen jenseitigen Glanz, glasig und starr; ein Glassplitter, der am Grund ihrer Pupillen gestrandet ist. Und ihre Hände, mein Gott! Knochig sind sie, von einer dünnen, stumpfen Haut überzogen, knittrig wie Papier, und haben Mühe, die Dinge, die sie berühren, noch zu erkennen. Am heutigen Morgen, als sie mit Kämmen fertig war, hat sie eine Handvoll Haare zwischen ihren Fingern gehabt. Wie konnte man in so kurzer Zeit so viele Haare verlieren? Sie hat sie um ein Stück Holz gewickelt und in einem Mauerspalt verborgen, dann hat sie sich zu Boden fallen lassen, den Kopf in den Händen vergraben und gewartet, daß eine Träne sie wieder zu sich bringen möge. Da nichts kam, hat sie sich auf allen Vieren zu ihrem Strohsack geschleppt. Und dort auf einer Decke im Schneidersitz eine Stunde lang die Wand angestarrt. Den ganzen Tag hätte sie dem Innenhof den Rücken gekehrt, hätten ihre Kräfte sie nicht im Stich gelassen. Von der eigenen Beharrlichkeit niedergestreckt, hat sie sich auf dem Boden langgemacht und ist sofort eingenickt, den Mund über einem langen Seufzer geöffnet.

Als er sie so vorfand, hat Atiq gleich an das Schlimmste gedacht. Merkwürdigerweise ist ihm die Tüte nicht aus den Händen geglitten, hat sein Atem nicht gestockt. Er blieb im Türrahmen stehen, eine Braue in die Höhe gezogen, bemüht, kein Geräusch zu machen. Viele Minuten lang hat er den Körper betrachtet, die nach oben gekehrten Handflächen, die gekrümmten Finger, den offenen Mund und die starre Büste, auf der Suche nach einem Lebenszeichen. Mussarat hat nicht einen Muckser von sich gegeben. Sie schien tatsächlich tot zu sein. Atiq hat seine Tüte auf einem niedrigen Tischchen abgelegt und sich schluckend dem reglosen Körper seiner Frau genähert. Behutsam hat er sich hingekniet; in dem Moment, da er sich über das bleiche Handgelenk beugte, um nach dem Puls zu fühlen, ließ ein Seufzer ihn zurückschrecken. Wütend ruckte sein Adamsapfel. Er spitzte die Ohren, hatte einen ordinären Luftzug im Verdacht, näherte sein Ohr dem verschlossenen Gesicht. Und wieder streifte ein leichter Hauch seine Wange. Er preßte die Lippen zusammen, um seine Wut zu unterdrücken, richtete sich auf und wich mit geschlossenen Augen und geballten Fäusten bis zur Wand zurück, wo er sich zu Boden gleiten ließ. Mit zusammengebissenen Kiefern und über dem Bauch verschränkten Armen starrte er auf den zu seinen Füßen liegenden Körper, als wolle er ihn mit dem Blick durchbohren.

10.

Mohsen Ramat kann nicht mehr. Die endlosen Tage, die er regelmäßig auf dem Friedhof verbringt, verschlimmern seine Verwirrung nur. So sehr er auch zwischen den Gräbern umherirrt, er schafft es nicht, Ordnung in seine Gedanken zu bringen. Schwindelerregend schnell entgleiten ihm die Dinge; er hat seine Wegmarken verloren. Statt ihm zu helfen, sich auf sich selbst zu besinnen, verunsichert seine Isolation ihn immer mehr und verstärkt sein Unwohlsein. Für Momente brandet eine wahnsinnige Lust in ihm auf, sich eine Eisenstange zu greifen und ringsum alles kurz und klein zu schlagen; seltsamerweise verwandelt sich die Raserei, sobald er den Kopf in den Händen vergräbt, in ein unwiderstehliches Verlangen zu schluchzen, und mit zusammengebissenen Zähnen und verklebten Wimpern überläßt er sich seiner Erschöpfung.

Er hat das Gefühl, daß er allmählich verrückt wird.

Seit dem Zusammenstoß auf jener Straße in Kabul vermag er den Tag nicht mehr von der Nacht zu unterscheiden. Als Quittung für diesen verfluchten Spaziergang nimmt nun etwas unaufhaltsam seinen Lauf. Hätte er doch auf seine Frau gehört! Wie hatte er nur glauben können, daß es noch möglich sei, verliebt durch eine Stadt zu schlendern, die einem Sterbehaus gleicht und von widerlichen Tollköpfen verpestet wird, aus deren Blick die Umnachtung finsterer Vorzeit spricht? Wie konnte er nur all die Schrecken übersehen, die den Alltag einer gehöhnten Nation ausmachen, in der die Landessprache das Knallen der Peitsche ist? Er hätte sich keine Illusionen machen dürfen. Und diesmal weigert sich Zunaira, großzügig darüber hinwegzugehen. Sie ist ihm böse, erträgt seinen Anblick nicht mehr und noch weniger seine Stimme. »Um

Himmels willen«, hat er sie angefleht, »mach es uns nicht noch schwerer.« Zunaira hat ihn zornig durch ihre Gittermaske hindurch gemustert. Ihr Oberkörper hat sich entrüstet aufgerichtet. Sie hat nach Worten gesucht, nach den härtesten, häßlichsten Worten, die es gibt, um ihm zu sagen, wie sehr sie leidet unter dem, was er fortan für sie verkörpert, wie wenig es ihr gelingen will, ihn von den beturbanten Schergen zu unterscheiden, die die Straßen in eine Arena und die Tage in einen Todeskampf verwandeln, wie sehr die Nähe eines männlichen Wesens sie abstößt und zugleich bedrückt. Doch da sie keine Worte findet, die heftig genug wären, ihren Groll und Kummer zum Ausdruck zu bringen, hat sie sich im Zimmer eingeschlossen und wie eine Tobsüchtige zu heulen begonnen. Entsetzt von dem ohrenbetäubenden Gebrüll seiner Frau, ist Mohsen aus dem Haus gerannt. So schnell er nur konnte. Hätte sich unter seinen Füßen die Erde aufgetan, er hätte sich nicht dagegen gewehrt, darin zu versinken, und nicht aufbegehrt, wenn sie sich über seinem Kopf wieder geschlossen hätte. Zunairas Schreie breiteten sich im ganzen Viertel aus, trieben die Nachbarn zusammen, verfolgten ihn wie eine Horde entfesselter Raubvögel. Ihm schwirrte der Kopf. Der reinste Weltuntergang.

Zunaira ist nicht mehr dieselbe wie früher; die Frau, die ihm tapfer und wachsam zur Seite stand, ihm half, durchzuhalten und sich immer wieder aufzurichten, wenn er ins Wanken geriet. Die Kreatur, die da beschlossen hat, sich nicht mehr von ihrem Tschadri zu trennen, ist willentlich in eine Welt des Grauens eingetaucht und scheint nicht bereit, ihr wieder zu entfliehen. Vom frühen Morgen bis zum Einbruch der Nacht geistert sie durchs Haus, starrköpfig in ihren unglückseligen Schleier gemummt, den sie nicht einmal zum Schlafen mehr ablegt. »Dein Gesicht ist die letzte Sonne, die mir bleibt«, hat er ihr gestanden, »entzieh sie mir nicht ...« - »Es gibt keine Sonne, die der

Nacht widersteht«, hat sie ihm entgegnet und dabei vielsagend an ihrem Schleier gezupft. Seit jenem schikanösen Zwischenfall legt sie den Tschadri nicht mehr ab. Er ist ihre Festung und ihr Verrat, ihr Banner und ihr Verzicht. Für Mohsen ist er eine Schranke, die zwischen ihnen steht, Symbol des schmerzlichen Bruchs, der sie zu zerreißen droht. Indem sie sich seinem Blick entzieht, entzieht sie sich seiner Welt, lehnt diese von Grund auf ab. Diese Radikalität bringt ihn aus dem Gleichgewicht. Er hat zu verstehen versucht; es gab nichts zu verstehen. Ist Zunaira sich bewußt, daß sie maßlos übertreibt? Was es auch immer ist, sie verfolgt es mit geradezu groteskem Eifer. Wenn er sich ihr zu nähern sucht, weicht sie mit vorgestreckten Armen zurück, um ihn auf Abstand zu halten. Mohsen insistiert nicht. Er hebt beschwichtigend die Hände und verschwindet auf die Straße, den Rücken unter einer tödlichen Last gebeugt.

Zehn Tage!

Seit zehn Tagen errichtet der Zwist nun schon seine Mauern.

Seit zehn Tagen lebt er in einem absurden Wahn, einem Zustand totaler Geschwächtheit.

So geht das nicht weiter, sagt sich Mohsen jedes Mal, wenn er wieder nach Hause kommt. Wem sagt er das? Zunaira weicht keinen Fingerbreit auf ihrem Terrain zurück, schiebt ihre Kutte nicht einen Zentimeter weit zur Seite. Der Kummer ihres Gatten rührt sie nicht; schlimmer, er bringt sie noch mehr gegen ihn auf. Sie erträgt seinen Blick, den Blick eines geschlagenen Hundes, nicht mehr, noch seine psalmodierende Stimme. Sobald sie im Hof seine Schritte hört, läßt sie alles stehen und liegen und stürzt ins Nebenzimmer. Mohsen preßt die Kiefer zusammen, um seine aufsteigende Wut zu unterdrücken, schlägt sich mit der Faust in die Hand und tritt den Rückzug an.

Heute Abend wird ihm dieselbe Begrüßung zuteil. Kaum hat er die Tür zum Hof aufgestoßen, da sieht er sie schon, wie sie durch den Raum eilt und hinterm Schlafzimmervorhang verschwindet, so flüchtig wie eine Halluzination. Sein ganzes Wesen vibriert sekundenlang; es kommt nicht mehr in Frage, daß er türenschlagend wieder geht. Seine stürmischen Abgänge haben ihn nicht sonderlich vorangebracht. Im Gegenteil, sie haben den Graben, der ihn von seiner Gattin trennt, sogar noch vergrößert. Es ist an der Zeit, das Problem anzugehen, sagt er sich. Er fürchtet diesen Moment wegen Zunairas Halsstarrigkeit und ihrer schroffen, unvorhersehbaren Art, aber er kann eine Situation, die sich unablässig verschlimmert, nicht noch länger hinnehmen.

Er atmet tief durch und geht zu seiner Frau ins Schlafzimmer hinüber.

Zunaira sitzt mit geradem Rücken auf einer Strohmatte, so gespannt wie eine Sprungfeder. Mohsen hat sie noch nie in solch einem Zustand erlebt. Ihr Schweigen ist gewitterschwer. Wenn sie auf diese Weise schweigt, ist sie unnahbar, unergründlich, und jede Annäherung wird zum Vabanquespiel. Mohsen hat Angst. Schreckliche Angst. Wie ein Sprengstoffspezialist, der eine Bombe entschärft und genau weiß, daß sein Leben am seidenen Faden hängt. Zunaira ist immer schwierig gewesen. Ein hochsensibler Mensch, der es verabscheut, Dinge wehrlos über sich ergehen zu lassen, und nur selten verzeiht. Vielleicht fürchtet er sie deshalb so sehr und verliert seine Kaltblütigkeit, sobald sie nur die Stirn runzelt. Es ist ein alles entscheidender Augenblick. Mohsen zittert, doch er hat keine Wahl. Er hofft auf ein Zeichen, ein winziges Zeichen, das ihm einen Hauch von Zuversicht einflößen könnte. Nichts. Zunaira regt sich nicht. Er spürt, wie es brodelt hinter ihrer Sphinx-Haltung, als ob in ihren Tiefen Lava gärte, die jeden Moment mit der Gewalt eines Geysirs hervorbrechen kann. Obwohl der Schleier ihr Mienenspiel verbirgt, ist Mohsen sich sicher, daß sie ihn haßerfüllt anstarrt.

»Was wirfst du mir eigentlich vor?« ruft er entnervt. »Daß ich diesen Rüpel von Taliban nicht gemaßregelt habe? Was konnte ich denn schon gegen ihn ausrichten? Sie sind es, die hier die Gesetze machen. Die über Leben und Tod von allem, was sich bewegt, bestimmen. Glaubst du, ihr Treiben wäre mir gleichgültig? Das würde noch den letzten Packesel zur Revolte treiben. Wenn ich bedenke, daß dieser Hund von Milizionär es noch nicht einmal wert ist, auch nur die Spur deiner Schritte im Staub zu küssen. Ich bin mir dieser Infamie sehr wohl bewußt, die die letzten Zuckungen meines Stolzes, den ich nicht offen zu zeigen wage, zersetzt, doch um der Ruhe unserer Toten willen, sag mir, was hätte ich denn tun können, Zunaira?«

Hilflos sinkt er vor ihr auf die Knie, versucht fiebernd ihre Hand zu greifen. Brüsk weicht sie zurück und vergräbt sich noch tiefer in ihr Leichentuch.

»Das ist doch lächerlich«, grummelt Mohsen. »Völlig lächerlich. Du behandelst mich, als ob ich die Pest hätte ... Wende dich nicht ab von mir, Zunaira. Ich habe das Gefühl, daß mir das ganze Universum grollt. Ich habe doch nur dich. Sieh, wie meine Hände dich anflehen, wie gänzlich verloren ich ohne dich bin. Du bist der einzige Anker, der mich noch mit irgend etwas verbindet in dieser Welt.«

Seine Lider schwellen an. Von Tränen. Er versteht nicht, wie sie seiner Wachsamkeit entgehen konnten und ihm nun einfach so über die Wangen rollen, vor Zunaira ... Zunaira, die es haßt, Männer weinen zu sehen.

»Es geht mir sehr schlecht«, entschuldigt er sich. »Ich fürchte mich plötzlich vor meinen eigenen Gedanken. Ich muß mich erst wieder in den Griff bekommen, Zunaira. Dein Verhalten ist der reinste Alptraum. Ich weiß weder, was ich mit meinen Tagen anfangen soll, noch mit meinen Nächten. Du bist der einzige Sinn meines Lebens, wenn das Leben überhaupt noch einen Sinn hat in diesem Land.«

Von neuem versucht er ihr Handgelenk zu fassen.

Zunaira schreit auf und erhebt sich taumelnd.

»Ich habe dir schon hundertmal gesagt, daß du mich nicht anfassen sollst.«

»Was soll das? Ich bin dein Ehemann …«

»Das beweis erst mal.«

»Das ist doch albern. Worauf willst du denn eigentlich hinaus?«

Zunaira löst sich von der Mauer und richtet sich kerzengerade vor ihm auf, berührt ihn beinahe mit der Nasenspitze. Ihre Wut ist so gewaltig, daß der Schleier unter ihren Atemzügen bebt.

»Ich will dich nicht mehr hier sehen, Mohsen Ramat!«

Jede Explosion hätte ihn weniger erschüttert. Mohsen ist von den Worten seiner Frau wie betäubt. Zunächst ungläubig, braucht er eine Weile, bis er begreift, was er da gehört hat. Sein Adamsapfel spielt verrückt. Er schlägt die Hände zusammen, wendet sich brüsk ab. Im Zimmer vermengen sich beider Atemstöße in einem unwirklichen Gehechel. Plötzlich gibt Mohsen ein sonderbares Röcheln von sich und versetzt dem Fensterladen mit der Faust einen Hieb, daß sein Handgelenk knackt.

Mit schmerzverzerrtem Gesicht wendet er sich zu seiner Frau um, packt sie bei der Kehle und schüttelt sie drohend.

»Ich verbiete dir, in diesem Ton mit mir zu sprechen, Zunaira. Dazu hast du kein Recht. Verstehst du mich? Ich verbiete dir das ein für alle Male!«

Zunaira löst unerschütterlich die Finger, die ihr den Hals zerquetschen.

»Ich will dich nicht mehr hier sehen, Mohsen Ramat«, artikuliert sie Silbe für Silbe.

Von Panik erfaßt, wischt Mohsen sich seine feuchten Hände an den Hüften ab, wie um die Spuren seiner Brutalität zu tilgen, blickt sich suchend um, und als er sieht, daß die Lage immer aussichtsloser wird, vergräbt er die Schläfen in beiden Händen und versucht sich zu beruhigen.

»Einverstanden«, gibt er nach. »Ich glaube, ich bin heute abend einfach zu früh nach Hause gekommen. Ich werde dahin zurückkehren, woher ich gekommen bin. Wenn du willst, kann ich die ganze Nacht draußen verbringen. Wir müssen der Versöhnung unbedingt eine Chance geben ... Zunaira, ich liebe dich doch. So, andere Worte, vernünftigere Worte, kenne ich keine. Was du da gerade gesagt hast, ist das Grausamste, was mir je zu Ohren gekommen ist. Aus deinem Munde wirkt es wie eine gigantische Gotteslästerung. Jetzt ist mir klar, wie dringend nötig es ist, daß ich dich in Ruhe lasse. Ich komme morgen oder in zwei Tagen wieder. Ich weiß nicht, wie ich es anstellen soll, so lange durchzuhalten, aber ich werde durchhalten. Um unsere Beziehung zu retten, bin ich zu allem bereit. Versuch es doch mir gleichzutun. Ich liebe dich. Was immer auch geschieht, es ist mir wichtig, daß du das weißt. Sehr wichtig. Es gibt nichts Wichtigeres.«

Zunaira rührt sich nicht. Ihre Lippen bewegen sich gefährlich unter dem Schleier. Mohsen legt ihr die Hand auf den Mund.

»Kein Wort mehr. Für heute hast du genug gesagt. Laß mich hoffen, daß es sich nur um eine Krise handelt, daß morgen alles wieder wie früher ist.«

Zunaira weicht der Hand ihres Mannes aus.

»Ich glaube, du hast nicht richtig verstanden«, sagt sie. »*Ich will dich nicht mehr hier sehen*, Mohsen. Das sind keine Worte, die ich einfach so in die Luft gesprochen habe, und die kommenden Tage werden daran auch nichts ändern. Du wirst aus meinem Leben verschwinden und nie wieder in dieses Haus zurückkehren. Sonst bin ich es, die geht.«

»Aber warum nur?« lehnt Mohsen sich auf, während er erbost sein Hemd zerreißt, unter dem eine schwächliche Brust von krankhafter Blässe zum Vorschein kommt. »Sag mir, worin ich so schwer gefehlt habe, daß das Schicksal mich derart erbittert verfolgt!«

»Es ist aus, Mohsen ... Es ist doch so einfach: Zwischen uns ist nichts mehr möglich. Alles, was ich jetzt noch will, ist, daß du für immer verschwindest.«

Mohsen schüttelt den Kopf.

»Das kann nicht wahr sein. Ich glaube das nicht.«

»Tut mir leid.«

Sie macht Anstalten zu gehen. Er hält sie am Arm fest und zerrt sie zu sich heran.

»Noch bin ich dein Ehemann, Zunaira Ramat! Ich habe es nicht für nötig gehalten, dich daran zu erinnern, aber wenn du weiter so stur bist, habe ich wohl keine andere Wahl. Ich bin es, der hier das Sagen hat. Es ist unseren Traditionen fremd, daß eine Frau ihren Mann verstößt. Das hat es noch nie gegeben. Ich werde das nicht dulden. Seit zehn Tagen versuche ich, mich zu beherrschen, in der Hoffnung, daß du wieder zu dir kommst. Aber offenbar willst du das gar nicht, und ich, ich habe die Nase jetzt endgültig voll.«

Mit einem Ruck reißt sie sich von ihm los.

Er fängt sie ein, verdreht ihr das Handgelenk und zwingt sie, ihm ins Gesicht zu sehen.

»Als erstes wirst du diesen verfluchten Tschadri ablegen.«

»Kommt nicht in Frage. Zumal die Scharia dieses Landes ihn verlangt.«

»Du wirst ihn ablegen, und zwar sofort.«

»Da frag du erst mal die Taliban um Erlaubnis. Los, zeig, ob du Mumm in den Knochen hast. Geh hin zu ihnen und sag ihnen, sie sollen ihre Gesetze zurücknehmen, dann bin ich die erste, das verspreche ich dir, die ihren Schleier ablegt. Was stehst du hier herum und schreist mich an, du Angeber, statt ihnen die Ohren langzuziehen, bis sie klar und deutlich die Stimme ihres Herrn vernehmen? Wenn du wirklich mein Ehemann bist, dann geh hin und such diesen elenden Bastard auf, der es gewagt hat, die Hand gegen deine Frau zu erheben, und trenn ihm das Handgelenk durch. Du willst mein Gesicht sehen, die letzte Sonne, die dir bleibt? Dann beweise mir erst einmal, daß es Tag geworden ist und die schändliche Nacht nur mehr ein Alptraum ist, der einer fernen Erinnerung angehört.«

Mohsen zerknüllt ihren Schleier, versucht mit aller Kraft, ihn zu lüften. Zunaira dreht und windet sich nach Leibeskräften, um ihn davon abzuhalten. Es kommt zu einem erbitterten Ringen. Keuchen, Stöhnen, Jammern und Flehen. Zunaira krallt sich trotz des schneidenden Schmerzes, den ihr die wütenden Klammergriffe ihres Mannes zufügen, an ihrem Tschadri fest. Da Mohsen nicht von ihr abläßt, beißt sie ihm in die Schulter, den Arm, die Brust, ohne daß es ihr gelänge, ihn abzuschütteln. Auf dem Gipfel der Verzweiflung zerkratzt sie ihm wild das Gesicht. Überrascht weicht Mohsen zurück. Seine Wange brennt wie Feuer, der Schmerz überflutet seine Augäpfel, blendet ihn, seine Nasenflügel beben vor Wut. Seine Hand verselbständigt sich und klatscht in hohem Bogen auf die Wange seiner Gattin, die betäubt zusammenbricht.

Fassungslos betrachtet Mohsen seine Hand. Wie hat er es wagen können? Er erinnert sich nicht, auch nur einmal den kleinen Finger gegen sie erhoben zu haben. Nie hätte er geglaubt, fähig zu sein, sie hart anzufahren oder ihr den leisesten Vorwurf zu machen. Ungläubig schaut er auf die Hand, als würde er sie nicht wiedererkennen. »Was ist nur mit uns los?« stammelt er. Buchstäblich niedergeschmettert kauert er sich vor seine Frau hin, zitternd wie ein Blatt im Wind.

»Vergib mir. Ich wollte doch nicht ...«

Zunaira stößt ihn beiseite, rappelt sich hoch und wankt ins Wohnzimmer.

Flehend folgt er ihr nach.

»Du bist nichts als ein ordinärer Rüpel, kaum besser als die rasenden Irren, die da draußen herumstolzieren.«

»Vergib mir.«

»Selbst wenn ich es wollte, ich könnte nicht.«

Er faßt sie am Arm. Sie wendet sich mit einem Ruck um, nimmt ihre letzte Kraft zusammen und schleudert ihn gegen die Wand. Mohsen stolpert über einen Wasserkrug, verliert das Gleichgewicht, fällt hintenüber. Sein Kopf stößt gegen einen Vorsprung in der Wand, schlägt mit Wucht auf dem Boden auf.

Als Zunaira wieder zu sich kommt, merkt sie, daß ihr Mann sich nicht rührt. Mit bizarr verdrehtem Genick, Augen und Mund weit aufgerissen, liegt er da. Auf seinem blassen Gesicht ein seltsamer Ausdruck von Heiterkeit, kaum getrübt durch den feinen Blutfaden, der aus einem Nasenloch rinnt.

»O mein Gott!« ruft sie aus.

11.

»Qassim Abdul Djabbar läßt ausrichten, du sollst dich heute nicht von deinem Posten rühren«, sagt der Milizionär. »Er hat einen Neuzugang für dich.«

Atiq, der auf einem Schemel am Eingang des Gefängnisses hockt, zuckt mit den Schultern, ohne die Lastwagen aus dem Auge zu lassen, auf denen sich Krieger drängen, die in unbeschreiblicher Erregung die Stadt verlassen. Das Gejohle der Fahrer und ihr Hupengetön zerteilt die Menge wie ein Eisbrecher, während die Straßenjungen, begeistert vom Durcheinander, das der Konvoi mit sich bringt, kreischend in alle Richtungen laufen. Am Morgen ist die Nachricht eingetroffen: die Truppen von Kommandant Massud sind in einen Hinterhalt geraten, und Kabul schickt Verstärkung, um sie zu vernichten.

Der Milizionär schaut ebenfalls den Militärfahrzeugen hinterher, die wie ein Windstoß durch das Viertel fegen und Unmengen von Staub aufwirbeln. Seine von Narben geschwärzte Hand betastet instinktiv den Verschluß seines Gewehrs. Er spuckt seitlich aus und wettert:

»Diesmal wird's was setzen. Scheint, daß wir eine Menge Männer verloren haben, aber dieser Verräter von Massud hockt in der Falle. Der wird seinen elenden Panjshir nie wiedersehen.«

Atiq greift nach einem Glas Tee, das zwischen seinen Füßen steht, und führt es an die Lippen. Er kneift ein Auge zusammen, wegen der Sonne, mustert den Milizionär und brummt:

»Ich hoffe, dein Qassim läßt mich nicht den ganzen Tag hier schmoren. Ich habe jede Menge zu erledigen.«

»Er hat mir keine genaue Uhrzeit gesagt. An deiner Stelle würde ich mich nicht von hier wegrühren. Du weißt ja, wie er ist.«

»Ich weiß nicht, wie er ist, und ich lege auch keinen Wert darauf, es zu erfahren.«

Der Soldat runzelt seine breite, gewölbte Stirn. Verärgert mustert er den Kerkermeister.

»Du bist heute morgen aber gar nicht gut drauf.«

Atiq Shaukat stellt mit verkniffenen Lippen sein Teeglas ab. Die Anwesenheit des Milizionärs nervt ihn. Er begreift nicht, warum der sich nicht verdrückt, nachdem er seine Botschaft überbracht hat. Er mustert ihn eine Weile, kommt zu dem Schluß, daß er mit seinem struppigen Bart, seiner platten Nase und seinem stumpfen, triefäugigen Blick einfach widerwärtig aussieht.

»Wenn du willst, kann ich auch gehen«, sagt da der Milizionär, als hätte er in den Gedanken des Kerkermeisters gelesen. »Ich störe nicht gerne.«

Atiq unterdrückt einen Seufzer und wendet sich ab. Die letzten Militärfahrzeuge sind jetzt durch. Man hört sie noch minutenlang hinter den Ruinen dröhnen, dann verdichtet sich die Stille wieder und dämpft den Lärm der Kinderhorden. Noch immer hängt der Staub in der Luft und verschleiert einen Teil des Himmels, an dem reglos eine Wolkenherde von niederdrückendem Weiß verharrt. In weiter Ferne, hinter den Bergen, glaubt man Detonationen zu vernehmen, die das Echo nach Belieben verfälscht. Seit zwei Tagen pfeift hier und da ein Schuß durch die allgemeine Gleichgültigkeit. In Kabul, zumal auf den Märkten und Bazaren, würde das emsige Summen der Spekulationen noch den schlimmsten Schlachtenlärm übertönen. Ganze Bündel von Geldscheinen werden öffentlich versteigert, Vermögen entstehen und vergehen je nach der Laune des Augenblicks, die Leute haben Augen nur für Profit und Kapitalanlagen; was die Nachrichten von der Front betrifft, die werden in aller Stille verfolgt, wie um den Handel noch stärker anzukurbeln. Atiq macht das alles ganz krank. Er fängt schon an, sich ernsthaft zu fragen, ob er nicht besser daran täte, Nazish nachzufolgen. Der arme Teufel hat sich schließlich doch zu einem Entschluß durchgerungen; eines Morgens hat er seine Siebensachen genommen und sich in Luft aufgelöst, ohne seinen Kindern, die ihn eine geschlagene Woche lang gesucht haben, auch nur ein Wort zu sagen. Hirten haben bestätigt, sie hätten den Alten in den Bergen gesehen, aber niemand hat sie ernstgenommen. In seinem Alter wäre Nazish doch nicht in der Lage, den niedrigsten der Hügel der Umgebung zu besteigen, vor allem nicht bei einer solchen Hitze. Und doch ist Atiq überzeugt, daß der einstige Mullah sich tatsächlich in die Berge aufgemacht hat, nur um es ihm, dem grausamen und höhnischen Kerkermeister, zu beweisen, daß er unrecht hatte, ihn vor der Zeit zu begraben.

Der Milizionär kauert sich plötzlich hin und langt nach dem Glas des Gefangenenaufsehers.

»Du bist ein sympathischer Kerl«, sagt er. »Keine Ahnung, was in letzter Zeit mit dir los ist, aber es macht nichts, ich werde dir nicht böse sein, wenn du mich fortjagst.«

»Ich jag dich doch gar nicht fort«, seufzt Atiq und sieht angewidert zu, wie der Typ aus seinem Teeglas trinkt. »Du bist es, der hier vom Gehen redet.«

Der Milizionär gibt ihm recht. In der Hocke lehnt er sich gegen die Wand und befühlt erneut seine Kalaschnikow.

»Was ist eigentlich aus Qaab geworden?« fragt Atiq ihn nach einer langen Pause. »Ich habe ihn schon ewig nicht mehr gesehen.«

»Welcher Qaab? Der von den Panzern?«

»Es gibt doch nur einen.«

Der Milizionär dreht sich zu ihm um, zieht die Brauen hoch.

»Du willst mir doch wohl nicht weismachen, du wüßtest von nichts?«

»Von was denn?«

»Qaab ist schon seit über zwei Jahren tot.«

»Er ist tot?«

»Atiq, jetzt reicht's. Wir waren doch alle auf seiner Beerdigung.«

Der Gefängniswärter verzieht das Gesicht, kratzt sich an der Schläfe, was ihn auch nicht weiterbringt, dann schüttelt er verlegen den Bart.

»Wie kommt es, daß ich das vergessen habe?«

Der Milizionär beobachtet ihn zunehmend beunruhigt aus dem Augenwinkel.

»Du erinnerst dich nicht mehr daran?«

»Nein.«

»Das ist seltsam.«

Atiq schnappt sich sein Glas, stellt fest, daß es leer ist. Er betrachtet es versonnen und deponiert es unter seinem Schemel.

»Wie ist er denn gestorben?«

»Kann es sein, daß du mich manchmal verscheißerst, Atiq?«

»Ich schwör's dir, ich frage das im Ernst.«

»Sein Panzer ist bei einer Schießübung explodiert. Die Granate hat nicht gezündet. Statt die Sicherheitsvorschriften zu beachten und eine Minute abzuwarten, hat er die Ladevorrichtung zu früh geöffnet, und die Granate ist noch im Panzerturm explodiert. Die Überreste des Panzers waren auf einen Umkreis von fünfzig Metern verteilt.«

»Hat man Qaabs Leiche gefunden?«

Der Milizionär stampft mit dem Gewehrkolben auf den Boden und steht auf, überzeugt, daß der Gefängniswärter sich doch bloß über ihn lustig gemacht hat.

»Du bist heute echt nicht gut drauf. Ehrlich, du bist überhaupt nicht gut drauf.«

Spricht's, spuckt aus und zieht leise fluchend von dannen.

Am späten Nachmittag kreuzt Qassim Abdul Djabbar in einem schrottreifen Lieferwagen auf. Die beiden Milizionärinnen, die ihn begleiten, packen die Gefangene und stoßen sie vor sich her ins Gebäude. Atiq quartiert seine neue Pensionärin am Ende des Korridors in einer kleinen, stinkenden Zelle ein und dreht den Schlüssel zweimal im Schloß. Er führt alle Bewegungen mechanisch aus, scheint gar nicht mitzubekommen, was um ihn herum geschieht. Qassim beobachtet ihn schweigend, mit verschränkten Armen und stechendem Blick, von der stattlichen Höhe seiner Kämpferstatur herab. Während die beiden Soldatinnen schon zum Wagen zurückgehen, bemerkt er:

»Wenigstens hast du Gesellschaft.«

»Du machst wohl Witze!«

»Willst du gar nicht wissen, was sie getan hat?«

»Und was habe ich davon?«

»Sie hat ihren Mann umgebracht.«

»Kommt vor.«

Qassim spürt den wachsenden Widerwillen des Wärters. Das bringt ihn in Rage, doch er untersagt es sich, der Versuchung nachzugeben, ihn zusammenzustauchen. Er streicht sich den Bart glatt, sinnt eine Weile nach, dann fügt er zum Ende des Korridors gewandt hinzu:

»Sie wird etwas länger als die anderen hierbleiben.«

»Warum?« fragt Atiq verärgert.

»Wegen des großen Meetings, das am Freitag im Stadion stattfindet. Es werden hochrangige Gäste erwartet. Die Behörden haben beschlossen, ein Dutzend öffentlicher Hinrichtungen vorzunehmen, damit Stimmung aufkommt. Deine Pensionärin ist mit von der Partie. Am Anfang wollten die *qazi** kurzen Prozeß mit ihr machen, aber da für Freitag sonst keine Frau auf dem Programm steht, haben sie ihr fünf Tage Aufschub gewährt.«

* Richter (A. d. Ü.)

Atiq nickt, kaum überzeugt.

Qassim legt ihm eine Hand auf die Schulter.

»Wir haben neulich abend auf dich gewartet, bei Hadschi Palwan.«

»Ich war verhindert.«

»An den anderen Abenden auch.«

Atiq tritt jetzt lieber den Rückzug an. Er verzieht sich in das Kabuff, das ihm als Büro dient. Qassim zögert einen Moment, dann geht er hinterher.

»Hast du über meine Vorschläge nachgedacht?«

Atiq lacht nervös auf.

»Erst mal muß ich einen klaren Kopf haben, ehe ich über irgendwas nachdenken kann.«

»Dann steck ihn doch nicht dauernd in den Sand, deinen Kopf. Die Dinge sind klar. Man darf nur keine Scheu haben hinzusehen.«

»Ich bitte dich, Qassim, ich habe keine Lust, das alles noch einmal aufzurollen.«

»Einverstanden«, entschuldigt sich Abdul Djabbar und hebt beide Hände auf Brusthöhe, »ich nehme zurück, was ich eben gesagt habe. Aber um Himmels willen, verschon uns mit dieser Trauerkloßmiene.«

12.

Atiq Shaukat hat nicht gleich begriffen. Mit einemmal hat es in ihm »klick« gemacht, und schon war er von Kopf bis Fuß erstarrt, als hätte sich eine eisige Dusche über seinen Körper ergossen. Der Topf in seinen Händen fällt zu Boden, und die Reisbällchen rollen durch den Staub. Drei oder vier Sekunden lang glaubt er an eine Halluzination. Wie betäubt von der Erscheinung, die ihn mit voller Wucht getroffen hat, zieht er sich in sein Kabuff zurück und versucht, seiner Sinne wieder Herr zu werden. Das durch das Fenster einfallende Licht blendet ihn, das Geschrei der auf der Straße Krieg spielenden Kinder verwirrt ihn; er läßt sich auf seine Pritsche fallen, massiert sich mit den Fingern die Schläfen und verflucht mehrmals hintereinander den Bösen, um alle unheilvollen Einflüsse abzuwehren.

»La hawla!«

Nachdem er wieder halbwegs klar im Kopf ist, kehrt er in den Korridor zurück, sucht nach dem Topf, sammelt den Deckel ein, der ein Stück weit gerollt ist, und liest die Reiskörner auf, die überall am Boden verstreut sind. Während er den Fußboden reinigt, hebt er vorsichtig den Blick über die Gitterstäbe zur Luke, die wie ein Unglücksvogel über der Zelle schwebt, läßt ihn eine Zeitlang auf dem kläglich flackernden Deckenlicht ruhen, faßt sich schließlich ein Herz und lugt in die Zelle hinein, und dort, mitten im Käfig, welch märchenhafter Anblick …! Die Gefangene hat ihren Tschadri abgelegt. Sie sitzt im Schneidersitz da, die Ellenbogen auf die Knie gestützt, die Hände unter dem Kinn gefaltet, und betet. Atiq ist geblendet. Nie zuvor hat er solche Pracht gesehen. Die Gefangene ist von unerhörter Schönheit: das Profil einer Göttin, langes Haar, das sich über den Rücken ergießt, riesengroße

Augen, so weit wie der Horizont. Als hätte die Morgenröte selbst in dieses ekelhafte, schmutzigdüstere Loch Einzug gehalten.

Außer dem seiner Gattin hat Atiq seit vielen Jahren kein Frauenantlitz mehr gesehen. Er hat sogar gelernt, ganz ohne zu leben. Für ihn gibt es bis auf Mussarat nur Phantome, die ohne Stimme noch Reiz die Straßen überqueren, ohne auch nur entfernt ins Bewußtsein zu dringen; Schwärme kraftloser Schwalben in Blaßgelb oder Blau, etliche Jahreszeiten im Rückstand, die einen dumpfen Laut ausstoßen, wenn sie in die Nähe der Männer geraten.

Und plötzlich fällt ein Schleier, und ein Wunder wird Gestalt. Atiq kann es nicht fassen. Eine komplette, vollständige Frau; ein wahrhaftiges Frauengesicht, greifbar, ebenfalls vollständig, da vorn, vor ihm? Unvorstellbar. Es ist so lange her, seit er sich von dieser Realität verabschiedet hat, daß er sie längst von allen vergessen glaubte. Als er jünger war, halbwüchsig, da spionierte er schon mal die Schlupfwinkel seiner Cousinen aus, um sie heimlich von weitem zu beobachten, ihr hell erklingendes Lachen, ihre Grazie und Anmut, die Geschmeidigkeit ihrer Bewegungen. Einmal hatte er sich sogar in eine usbekische Lehrerin verliebt, zehn Jahre älter als er, deren endlose Flechten ihrem Gang den geheimnisvollen Zauber eines mystischen Tanzes verliehen. Damals, in diesem ungebundenen Alter, in dem die Legenden sich mit Pathos gegen alle Vorurteile und Traditionen stemmen, war er fest überzeugt, er bräuchte nur von einem Mädchen zu träumen, um ein Stückchen vom Paradies zu erspähen. Vermutlich nicht der sicherste Weg um hineinzugelangen, aber der menschlichste … Und dann, nichts mehr. Die Welt der charmanten Wagnisse zerbröckelt und zerfällt. Die Träume verhüllen ihr Antlitz. Eine Gitterhaube stülpt sich darüber und nimmt alles in Beschlag, Lachen, Lächeln, Blicke, das Grübchen in der Wange, das Geklimper der Wimpern …

Am nächsten Morgen stellt Atiq fest, daß er die ganze Nacht lang im Gang gegenüber der Gefangenen sitzengeblieben ist, sie nicht eine Sekunde aus den Augen gelassen hat. Er fühlt sich seltsam, so leicht der Kopf und die Kehle so wund. Er hat den Eindruck, in der Haut von jemand anderem aufzuwachen. Etwas hat mit aller Macht von ihm Besitz ergriffen, bis in die verborgensten Winkel seines Herzens hinein, hat seine Gedanken unterjocht, gibt seinem Puls den Takt und seinem Atem den Rhythmus vor und beseelt seine leisesten Regungen, bald dem geraden festen Schilfrohr gleich, bald sein Wesen efeugleich umschlängelnd. Atiq versucht gar nicht erst, sich Klarheit zu verschaffen. Er verspürt, ohne darunter zu leiden, ein unwiderstehliches Schwindelgefühl, eine ekstatische Trunkenheit, die all seinen Widerstand zunichte macht, sodaß er darüber selbst seine rituellen Waschungen vergißt. Als wäre er verhext, nur daß er es nicht ist. Atiq ist sich der Schwere seiner Verfehlung wohl bewußt, und es ist ihm egal. Er läßt sich gehen, irgendwo, weit weg und doch ganz nah, auf seine verstohlensten Impulse horchend, und bleibt den eindringlichsten Mahnrufen gegenüber taub.

»Was ist bloß los mit dir?« fragt Mussarat. »Jetzt hast du schon zum fünftenmal Salz auf deinen Reis gestreut, ohne zu kosten, und dauernd führst du deine Tasse zum Mund, ohne nur einmal zu trinken.«

Atiq sieht seine Frau verständnislos an. Er scheint den Sinn ihrer Worte nicht zu begreifen. Seine Hände zittern, seine Brust hebt und senkt sich in heftigen Stößen, und für Momente gerät er fast in Atemnot. Er erinnert sich nicht, wie er mit seinen weichen Knien und seinem leeren Kopf das Viertel durchquert hat, erinnert sich nicht, unterwegs irgendwen getroffen zu haben, obwohl er sich normalerweise nicht ins Freie wagen kann, ohne von Bekannten angesprochen oder gegrüßt zu werden. In seinem ganzen Leben hat er nicht ein Mal diesen Zustand erlebt, in dem er seit dem Vorabend vor sich hin vegetiert. Er hat keinen Hunger, er hat keinen Durst, und die Welt um ihn herum reicht nicht an ihn heran; er ist dabei, etwas Wundervolles und Furchteinflößendes zugleich zu erleben, aber für alles Gold der Welt würde er es nicht missen wollen: er fühlt sich einfach *wohl*.

»Was hast du, Atiq?«

»Wie bitte?«

»Gott sei gelobt, du hörst mich. Ich dachte schon, du wärst taubstumm geworden.«

»Wovon redest du überhaupt?«

»Von nichts«, antwortet Mussarat.

Atiq stellt die Tasse zu Boden, nimmt aus einer winzigen Schale eine Prise Salz und fängt wieder an, mechanisch seine Portion Reis zu salzen. Mussarat hält die Hand vor die Lippen, um ihr Lächeln zu verbergen. Die Zerstreutheit ihres Mannes belustigt und beunruhigt sie zugleich, doch das Leuchten in seinem Gesicht, das muß sie zugeben, tut gut. Selten hat sie ihn so rührend unbeholfen erlebt. Wie ein Kind, das vom Marionettentheater zurückkommt. Seine Augen funkeln nur so, als hätte man in ihm drin ein Licht entzündet, seine Fiebrigkeit ist schier unglaublich für einen, der normalerweise nur vor Empörung bebt, wenn er nicht sogar alles, was sich in Reichweite seiner Wut befindet, zu zerschmettern droht.

»Iß«, fordert sie ihn auf.

Atiq erstarrt. Er zieht die Brauen hoch. Dann springt er auf, schlägt sich auf die Schenkel, ruft »Mein Gott!« und hastet zu seinem Schlüsselbund, der am Nagel hängt. »Ich bin unmöglich!«

Mussarat versucht sich zu erheben. Ihre knochigen Arme versagen ihr den Dienst, und sie sinkt auf ihr Lager zurück. Ermattet von der Anstrengung lehnt sie sich gegen die Wand und mustert ihren Mann.

»Was hast du denn getan?«

Und Atiq, völlig verstört:

»Ich habe vergessen, der Gefangenen zu essen zu geben.«

Er macht auf dem Absatz kehrt und verschwindet.

Mussarat sinnt nach. Ihr Mann ist auf die Straße gelaufen und hat seinen Turban, seine Weste und die Peitsche vergessen. Das passiert ihm eigentlich nie. Sie erwartet, ihn gleich zurückkommen und sie holen zu sehen. Aber Atiq kommt nicht zurück. Woraus Mussarat folgert, daß ihr Gelegenheitsgefangenenaufseher von Ehemann nicht mehr ganz bei Trost ist.

Zunaira ist auf einer verschlissenen Decke eingeschlummert und erinnert, wie sie so daliegt, an eine Opfergabe. Um sie herum flackert die Zelle im Licht der Sturmlampe, die die Winkel mit grellen Strahlen durchbohrt. Man hört die Nacht sirren, klebrig und dicht, doch ohne wirkliche Tiefe. Atiq stellt ein Tablett, beladen mit Fleischspießchen, aus eigener Tasche bezahlt, dazu Fladenbrot und Früchte, auf dem Boden ab. Er kauert sich hin und streckt die Hand zu der Gefangenen aus, um sie zu wecken. Seine Finger erstarren über der runden Schulter in der Bewegung. Sie muß wieder zu Kräften kommen, sagt er sich. Doch seinen Gedanken gelingt es nicht, seine Bewegung voranzutreiben; seine Hand verharrt verblüfft in der Schwebe. Er rutscht rückwärts bis an die Mauer, schlingt die Arme um die Beine, versenkt das Kinn zwischen den Knien und rührt sich nicht mehr, die Augen fest auf den Körper der Frau geheftet, dessen Schatten die blendende Helligkeit der Lampe an die Wand projiziert wie eine Traumlandschaft. Atiq ist überwältigt von der inneren Ruhe der Gefangenen, kann sich nicht vorstellen, daß es für Seelenfrieden ein treffenderes Bild geben könnte als dieses wie Quellwasser so klare schöne Antlitz. Und dieses weiche, glatte schwarze Haar, welches der schüchternste Windhauch spielerisch leicht wie einen Drachen hochwehen ließe. Und diese Hände einer Huri, so durchscheinend zart, die erahnen lassen, daß sie sanft wie eine Liebkosung sind. Und dieser kleine runde Mund … La hawla, faßt Atiq sich. Ich habe kein Recht, ihren Schlaf zu mißbrauchen. Ich muß nach Hause zurück, ich muß sie in Ruhe lassen. So denkt Atiq, aber er rührt sich nicht. Er bleibt in seiner Ecke hocken, die Beine Gefangene seiner Arme, die Augen weiter als jedes Bewußtsein.

»Es ist ganz einfach«, bekennt Atiq, »es gibt keine Worte, um sie zu beschreiben.«

»Ist sie denn so schön?« fragt Mussarat zweifelnd.

»Schön? Das Wort kommt mir gewöhnlich vor, fast abgedroschen. Die Frau, die bei mir im Verlies kauert, ist mehr als das. Ich zittere jetzt noch beim Gedanken daran. Ich habe die Nacht damit verbracht, über ihren Schlaf zu wachen, und ich war so geblendet von ihrer Pracht, daß ich noch nicht mal die Dämmerung heraufziehen sah.«

»Ich hoffe, sie hat dich nicht vom Gebet abgelenkt.«

Atiq senkt den Kopf.

»Doch, genauso war es.«

»Du hast vergessen, dein Gebet zu verrichten?«

»Ja.«

Mussarat bricht in schallendes Gelächter aus, das alsbald in einen Hustenanfall übergeht. Atiq runzelt die Stirn. Er begreift nicht, warum seine Frau über ihn lacht, und verübelt es ihr doch nicht. Es kommt nicht eben oft vor, daß er sie lachen hört, und ihre ungewohnte Heiterkeit läßt das Halbdunkel ihres Verschlages beinahe wohnlich erscheinen. Mussarat wischt sich die Augen trocken, ein wenig schwankend, aber hellauf entzückt, schiebt sich das Kissen in ihrem Rücken zurecht und lehnt sich dagegen.

»Du amüsierst dich wohl über mich …?«

»Ganz enorm.«

»Du findest mich lächerlich.«

»Ich finde dich phantastisch, Atiq. Wie hast du derart hochherzige Worte bisher vor mir geheimhalten können? Mehr als zwanzig Jahre sind wir verheiratet, und erst jetzt offenbarst du den Dichter, der in dir steckt. Du ahnst nicht, wie glücklich ich bin zu sehen, daß du fähig bist, die Dinge mit deinem Herzen zu sagen, statt sie nur zu beschwören, als ob es sich um Erbrochenes handelte. Atiq, der ewige Griesgram, der an einem Goldstück vorüberging, ohne es zu sehen, ist plötzlich edler Gefühle fähig? Das amüsiert mich nicht, das flößt mir neues Leben ein. Ich habe Lust, dieser Frau die Füße zu küssen, die innerhalb nur einer Nacht so viel Feingefühl in dir geweckt hat. Sie muß eine Heilige sein. Oder eine Fee.«

»Das habe ich mir auch gesagt, als ich sie zum ersten Mal sah.«

»Und warum hat man sie dann zum Tode verurteilt?«

Atiq fährt auf. Offensichtlich hat er sich diese Frage noch nicht gestellt. Er schüttelt den Kopf und murmelt:

»Ich glaube nicht, daß sie verwerflicher Handlungen fähig ist. Das paßt gar nicht zu ihr. Da liegt mit Sicherheit ein Irrtum vor.«

»Was hat sie dir denn erzählt?«

»Ich habe nicht mit ihr gesprochen.«

»Warum?«

»Das schickt sich nicht. Ich habe zahlreiche weibliche Häftlinge beherbergt, manche mehrere Tage lang. Wir haben nie auch nur ein Sterbenswörtchen miteinander geredet. Es ist, als ob der eine für den anderen gar nicht existierte; wir haben uns vollständig ignoriert, sie in ihrer Zelle, ich in meinem Loch. Wenn die Todesstrafe erst verhängt ist, haben selbst Tränen keinen Sinn mehr. In diesem Fall gibt es nichts Besseres als das Gefängnis, um sich zu sammeln und sich auf die letzten Dinge zu besinnen.

Also schweigt man. Vor allem am Abend vor der Hinrichtung.«

Mussarat greift nach der Hand ihres Mannes, drückt sie gegen ihre Brust. Seltsamerweise läßt der Kerkermeister sie gewähren. Vielleicht merkt er es auch gar nicht. Sein Blick ist in weite Ferne gerichtet, sein Atem geht keuchend.

»Heute fühle ich mich in Form«, sagt sie, von der Farbe im Gesicht ihres Mannes gestärkt. »Wenn du willst, kann ich ihr etwas zu essen bereiten.«

»Das würdest du für sie tun?«

»Für dich würde ich alles tun.«

13.

Die Gefangene schiebt das Tablett beiseite und tupft sich mit einem Lappen behutsam die Mundwinkel ab. Die Art, in der sie ihre Lippen säubert, bezeugt einen gesellschaftlichen Rang, der heute nicht mehr der ihre ist; sie ist vornehm und mit Sicherheit auch gebildet. Atiq mustert sie eingehend, wobei er so tut, als ob er die Linien in seiner Hand studierte. Er will sich keine ihrer Gesten, nichts von ihrem Mienenspiel, ihrer Art zu essen, zu trinken, die Gegenstände um sich herum hochzunehmen und wieder hinzustellen, entgehen lassen. Für ihn besteht kein Zweifel daran, daß diese Frau einmal der gehobenen Gesellschaft angehörte, sich in Seide gewandet und Schmuck getragen hat, sich mit sündhaft teuren Parfüms besprüht und das Herz zahlloser Anwärter mißhandelt hat; ihr Gesicht hat gewiß über glanzvollen Idyllen gestrahlt und ihr Lächeln mehr als ein Unglück gelindert. Wie konnte es sie hierher verschlagen? Welch elender Wind hat sie in dieses Loch gestoßen, sie, die in ihrem Blick die Lichter der ganzen Welt zu vereinen scheint?

Sie hebt die Augen zu ihm auf. Schnell wendet er sich ab, in der Brust ein Gefühl unergründlicher Beklommenheit. Als er sich wieder umdreht, ertappt er sie dabei, wie sie ihn betrachtet, wobei ein kleines rätselhaftes Lächeln ihre Lippen umspielt. Um seine zunehmende Verlegenheit zu überwinden, fragt er sie schnell, ob sie noch Hunger habe. Sie schüttelt den Kopf. Er erinnert sich an die Früchte auf seinem Schreibtisch, wagt aber nicht, sie zu holen. In Wirklichkeit will er sich nicht eine Sekunde lang von hier wegrühren. Er fühlt sich wohl da, wo er ist, auf der anderen Seite der Gitterstäbe, und zugleich ihr so nahe, daß er den Eindruck hat, ihren Pulsschlag zu verspüren.

Das Lächeln der Frau erlischt nicht. Es schwebt wie die Andeutung eines Traums auf ihrem Gesicht. Lächelt sie wirklich, oder ist er schon im Delirium? Sie hat kein einziges Wort gesagt, seit man sie hier eingeschlossen hat. Sie zieht sich in ihr Exil zurück, schweigsam und würdevoll, und läßt weder Angst noch Seelenqual erkennen. Man könnte meinen, sie warte nur darauf, daß der Tag anbricht, um mit ihm gemeinsam lautlos aufzubrechen. Der verhängnisvolle Termin, der mit der Geduld des Fallbeils über ihren Gebeten schwebt, kann seinen verderblichen Schatten nicht über ihre Gedanken breiten. Sie wirkt uneinnehmbar in ihrem Martyrium.

»Das Essen hat meine Frau für Sie gekocht«, sagt Atiq. »Sie haben großes Glück.«

Welch eine Stimme! Atiq muß schlucken. Er wartet, daß sie sich über das Thema ausläßt, ein wenig von dem Drama erzählt, das sie im Inneren zerfrißt. Vergeblich.

Nach langem Schweigen hört er sich brummen:

»Er hat es verdient zu sterben.«

Dann, etwas zusammenhängender:

»Ich würde meine Hand dafür ins Feuer legen. Einer, der sich seines Glücks nicht bewußt ist, verdient keinerlei Sympathie.«

Sein Adamsapfel kratzt in der Kehle, als er hinzufügt:

»Ich bin mir sicher, daß er ein brutaler Typ war. Von der schlimmsten Sorte. Von sich selbst eingenommen. Er konnte gar nicht anders sein. Wenn man sich seines Glücks nicht bewußt ist, dann verdient man es auch nicht, zwangsläufig.«

Die Schultern der Gefangenen verkrampfen sich.

Atiqs Stimme wird umso kräftiger, je flüssiger seine Worte werden.

»Er hat Sie mißhandelt, nicht wahr? Wegen nichts und wieder nichts krempelte er die Ärmel hoch und ging auf Sie los.«

Sie hebt den Kopf. Ihre Augen erinnern an Juwelen, ihr Lächeln ist etwas voller geworden, traurig und himmlisch zugleich.

»Er hat Sie bis zum Äußersten getrieben, ja? Er war unerträglich ...«

»Er war wundervoll.« Ihre Stimme klingt ruhig und heiter. »Ich war es, die sich ihres Glückes nicht bewußt war.«

Atiq ist überreizt. Es hält ihn nicht an seinem Platz. Er ist früher als gewohnt nach Hause gekommen und streift rastlos durch den Patio, blickt zum Himmel auf und führt Selbstgespräche.

Mussarat sitzt auf ihrer Strohmatte und beobachtet ihn schweigend. Die Geschichte beginnt, sie ernstlich zu beunruhigen. Atiq ist nicht mehr er selbst, seit man ihm die Gefangene anvertraut hat.

»Was ist los?« brüllt er. »Warum siehst du mich so an?«

Mussarat hält es für klüger, ihm nicht zu antworten und macht auch keinen Beschwichtigungsversuch. Atiq sieht aus, als würde er nur darauf warten, um über sie herzufallen. In seinem Blick lauert der Blitz, und die Knöchel seiner geballten Fäuste sind schon ganz bleich.

Er kommt dicht an sie heran, in den Mundwinkeln ein weißliches Sekret:

»Hast du was gesagt?«

Sie schüttelt den Kopf.

Er stemmt die Hände in die Hüften, wendet sich wieder dem Hof zu, verzieht wütend das Gesicht, bearbeitet mit den Fäusten die Wand und tobt:

»Es war ein dummer Unfall. Das kann jedem passieren. Das sind Dinge, die man nicht vorhersehen kann, das erwischt einen ohne jede Vorwarnung. Ihr Mann ist über einen Wasserkrug gestolpert, und sein Kopf ist auf dem Boden aufgeschlagen. So einfach ist das. Natürlich ist das tragisch, aber es ist ein Unfall. Sie kann überhaupt nichts dafür, die Ärmste. Die Qazi müssen sich klarmachen, daß sie sie zu Unrecht verurteilt haben. Man hat kein Recht, einen Unschuldigen über die Klinge springen zu lassen, nur weil er in einen Unfall verwickelt war. Diese Frau hat ihren Mann nicht umgebracht. Sie hat niemanden umgebracht.«

Mussarat nickt zustimmend. Und ängstlich. Atiq, in seinem Groll, merkt es noch nicht einmal.

»Ich muß unbedingt Qassim einweihen«, beschließt er seinen langen Monolog. »Er hat Zugang zur Führungsebene und Freunde, die einflußreich sind. Auf ihn wird man hören. Man kann unmöglich eine Unschuldige nur wegen eines Mißverständnisses dem Scharfrichter ausliefern.«

»Aber was erzählst du denn da?« empört sich Qassim Abdul Djabbar, der es überhaupt nicht schätzt, daß Atiq ihn wegen einer Bagatelle zu Hause stören kommt. »Diese tollwütige Hündin ist verurteilt worden. Sie wird in drei Tagen im Stadion hingerichtet, und zwar in Anwesenheit hochrangiger Ehrengäste. Sie ist die einzige Frau, die für die Zeremonie vorgesehen ist. Selbst wenn sie unschuldig wäre, könnte niemand etwas für sie tun. Aber sie ist ja schuldig.«

»Sie ist unschuldig …«

»Was weißt du denn darüber?«

»Sie hat es mir gesagt.«

»Und du hast ihr geglaubt?«

»Warum nicht?«

»Weil sie dich angeschwindelt hat. Das ist weiter nichts als eine abgefeimte Lügnerin, Atiq. Sie nutzt dein Entgegenkommen aus. Mach dich nicht zum Anwalt einer Kriminellen, von der du kaum etwas weißt. Du hast auch so schon genug Sorgen.«

»Sie hat niemanden umgebracht.«

»Ihre Nachbarn haben gegen sie ausgesagt. Da gibt's kein Wenn und Aber. Dieses Flittchen hat ihrem Mann das Leben zur Hölle gemacht. Sie hat ihn permanent aus der Wohnung gejagt. Die Qazi brauchten sich noch nicht einmal zur Beratung zurückzuziehen ...« Er packt ihn bei den Schultern und blickt ihm fest in die Augen. »Atiq, mein armer Atiq, wenn du dich nicht schnellstens wieder in den Griff bekommst, dann wirst du am Ende noch nicht mal mehr den Heimweg finden. Vergiß diese Hexe. In drei Tagen folgt sie denen nach, die ihr vorausgegangen sind, und eine andere wird ihren Platz einnehmen. Ich weiß nicht, wie sie es angestellt hat, dich derart einzuwickeln, aber an deiner Stelle würde ich versuchen, mich nicht in der Person zu irren. Du bist es, um den man sich kümmern muß, nicht sie. Ich habe dich ja neulich schon gewarnt. Du verkapselt dich zu sehr in deinem Groll, Atiq, und was hab ich dir gesagt, paß auf, daß du da noch mal rauskommst. Du hast ja nicht auf mich gehört. Resultat, die Sache hat dich destabilisiert, und kaum fängt die erstbeste stinkende Hündin zu jaulen an, zerreißt es dir schon das Herz. Laß sie krepieren. Ich versichere dir, da, wo sie ist, ist sie am richtigen Platz. Und außerdem ist's ja nur eine Frau.«

Atiq ist außer sich. Wie von einem Strudel mitgerissen, weiß er weder, wo ihm der Kopf steht, noch, wohin mit seinen Händen, wenn er unversehens gegen die ganze Welt anschäumt. Er versteht nichts mehr. Absolut nichts. Er ist ein anderer. Einer, der ihn überrollt und übersteigt, der ihn auf das übelste zurichtet und ohne den er sich doch verstümmelt fühlte. Was ist von diesem Zittern zu halten, das ihn in der Stunde der größten Hitze befällt, von den Schweißausbrüchen, die ihm im nächsten Moment Kühlung verschaffen? Was von der Kühnheit, die sich seiner bemächtigt, daß er es wagt, Fakten zu negieren, er, der normalerweise selbst dann nicht den kleinen Finger rührt, wenn ein simples Schnipsen genügte, ein ganzes Drama aus der Welt zu schaffen? Was ist zu halten von dieser ungestümen Aufwallung in ihm, die ihn aus der Fassung bringt, sobald sein Blick auf den der Gefangenen trifft? Nie hätte er gedacht, daß er imstande sei, eines Dritten Verzweiflung zu teilen. Sein gesamtes Leben hat sich im Umfeld einer einzigen Ambition abgespielt: an einem Gefolterten vorüberzugehen, ohne sich groß damit aufzuhalten, von einem Friedhof zurückzukommen, ohne seine Entschlüsse in anderem Licht zu sehen. Und plötzlich ist er dabei, das Schicksal einer Gefangenen auf sich zu nehmen, die nichts vor dem Schatten des Schafotts bewahren kann. Atiq versteht nicht, warum sein Herz plötzlich an der Stelle eines anderen schlägt, wie er es von heute auf morgen hat hinnehmen können, daß nichts mehr wie früher sein würde. Er hatte erwartet, bei Qassim Abdul Djabbar zumindest auf einen Hauch von Nachsicht zu stoßen, der ihm hätte helfen können, an die Qazi zu appellieren, damit diese ihr Urteil einer Überprüfung unterzögen. Qassim hat ihn schwer enttäuscht. Unverzeihlich. Atiq hat nur noch Verachtung für ihn. Zwischen ihnen ist es aus. Kein Gebet und kein Guru würde sie je miteinander versöhnen können. Qassim ist ein roher Klotz. Er hat soviel Herz wie eine Keule, nicht mehr Mitleid als eine Schlange. Er ähnelt seinem Unglück. Er wird noch daran krepieren. Alle miteinander werden sie daran krepieren, ausnahmslos. Die Qazi mitsamt ihrer ehrwürdigen Monströsität. Die grölenden Fanatiker, die dem Augenblick, da sie sich am Freitag ins Stadion ergießen werden, geradezu obszön entgegenfiebern. Die hochrangigen Ehrengäste, die sich an den öffentlichen Hinrichtungen ergötzen werden und die Anwendung der Scharia mit derselben Hand begrüßen, mit der sie die Fliegen verjagen, die sterblichen Hüllen mit derselben Geste wegfegen, mit der sie dem grotesken Eifer der Henker ihren Segen erteilen. *Alle*. Einschließlich der verfluchten Stadt Kabul, die Tag für Tag abzutöten und abzuleben lernt, denn die Jubelfeiern sind hierzulande von derselben gräßlichen Ausgelassenheit wie die Lynchgelage.

»Ich werde nicht dulden, daß sie sie ermorden«, lehnt er sich noch auf, als er schon wieder zu Hause ist.

»Warum regst du dich derart auf?« schimpft Mussarat. »Sie ist weder die erste, noch wird sie die letzte sein. Was du da tust, ist unvernünftig. Du mußt dich am Riemen reißen.«

»Ich will mich aber nicht am Riemen reißen.«

»Du bist dabei, dir sinnlos zu schaden. Sieh dich doch an. Man könnte meinen, daß du langsam verrückt wirst.«

Atiq droht ihr mit dem Finger.

»Ich verbiete dir, mich als verrückt zu bezeichnen.«

»Dann nimm dich zusammen, und zwar auf der Stelle«, protestiert Mussarat. »Du führst dich auf wie einer, der nicht mehr weiß, wo oben und wo unten ist. Das Schlimmste ist, daß du, wenn man versucht, dich zur Vernunft zu bringen, erst recht lostobst.«

Atiq packt sie am Hals und drängt sie gegen die Wand.

»Hör auf zu schwallen, alte Vettel. Der Klang deiner Stimme ist mir unerträglich, und ebenso dein Körpergeruch ...«

Er läßt sie los.

Von der Brutalität ihres Mannes überrascht und von seinen Worten schockiert, sinkt Mussarat zu Boden und hält sich ihren malträtierten Hals, die Augen ungläubig aufgerissen.

Atiq macht eine genervte Handbewegung, greift nach Turban und Peitsche und geht auf die Straße hinaus.

In der Moschee wimmelt es von Menschen; Bettler und Kriegsinvaliden balgen sich um die letzten Winkel der heiligen Stätte. Atiq spuckt über die Schulter aus, das Spektakel widert ihn an, und er beschließt, sein Gebet andernorts zu verrichten. Ein Stück weiter begegnet er Mirza Shah, der bei den Gläubigen sein will, ehe der Ruf des Muezzins ertönt. Achtlos geht er an ihm vorüber. Mirza Shah bleibt stehen, dreht sich um, sieht seinem alten Freund hinterher und kratzt sich lange unterm Turban, bevor er seinen Weg fortsetzt. Atiq marschiert stur geradeaus, mit zusammengekniffenen Augen, aggressivem Schritt. Er überquert die Straßen, ohne nach rechts oder links zu sehen, gleichgültig gegenüber den Hupen und den Schreien der Fuhrleute. Jemand ruft ihm von einer Kneipe aus etwas zu; er hört es nicht. Und wenn ein Gewitter über seinem Kopf tosen würde, Atiq würde es nicht bemerken. Er hört nur das Blut, das in seinen Schläfen pocht, hat Augen nur für die Mäander seiner schäumenden Wut, die sich schwarzgallig in seinen Geist ergießt: Qassim, der sich nicht um seine Gefühle kümmert, Mussarat, die seinen Kummer nicht errät, der Himmel, der sein Haupt vor ihm verhüllt, die Ruinen, die ihm den Rücken zuwenden, die Gaffer, die sich bereit halten, um ins Stadion zu strömen, die Taliban, die mit geschwellter Brust durch die Straßen stolzieren, die Mullahs, die vor den Massen ihre Reden schwingen und einen Finger, der so tödlich ist wie das Schwert …

Als er die Gefängnistür hinter sich ins Schloß fallen läßt, verebbt der Lärm, der ihn bis hierher verfolgt hat. Schlagartig ist der Abgrund da, und das Schweigen so tief wie ein Absturz. Was ist los mit ihm? Warum macht er die Tür nicht wieder auf und läßt die Geräusche, die Lichter der Dämmerung, die Gerüche, den Staub zu sich herein? Schwer atmend, mit gebeugtem Rücken, läuft er im Korridor auf und ab. Seine Peitsche entgleitet ihm; er hebt sie nicht auf. Er läuft und läuft, den Bart in der Halskuhle vergraben, die Hände hinterm Rücken gekreuzt. Mit einemmal stürmt er auf die Zellentür zu und reißt sie grollend auf.

Zunaira, vom Ungestüm des Wärters erschreckt, hält sich schützend die Arme vors Gesicht.

»Los, machen Sie schon!« fährt er sie an. »Bald wird es Nacht. Laufen Sie im Schutz der Dunkelheit, so weit Sie kommen, so weit wie möglich von dieser Stadt der Irren fort. Laufen Sie mit all Ihrer Kraft, und drehen Sie sich vor allem nicht um, egal was pasiert, sonst geht es Ihnen wie der Frau des Lot.«

Zunaira begreift nicht, worauf der Wärter hinauswill. Sie verkriecht sich in ihrer Decke, glaubt, ihre Stunde habe geschlagen.

»Nun gehen Sie schon«, fleht Atiq sie an. »Gehen Sie, bleiben Sie nicht hier. Ich werde sagen, es sei meine Schuld, ich hätte das Vorhängeschloß nicht richtig zugesperrt. Ich bin Paschtune wie sie. Sie werden Gift und Galle gegen mich spucken, aber sie werden mir nichts zuleide tun.«

»Was ist denn los?«

»Sehen Sie mich nicht so an. Nehmen Sie Ihren Tschadri und gehen Sie …«

»Und wohin?«

»Ganz egal, nur bleiben Sie nicht hier.«

Sie schüttelt langsam den Kopf. Ihre Hände suchen nach etwas, in den Tiefen der Decke, etwas, das sie nicht enthüllen werden.

»Nein«, sagt sie schließlich. »Ich habe schon eine Ehe zerbrochen, ich werde keine weitere zerstören.«

»Das Schlimmste, was mir passieren könnte, ist, daß sie mich entlassen. Das ist die geringste meiner Sorgen. Jetzt gehen Sie doch schon.«

»Es gibt keinen Ort, an den ich gehen könnte. Die Meinen sind tot oder verschollen. Das letzte Band, das mir geblieben ist, hat sich durch mein Verschulden gelöst. Da war ein Licht, ich habe eine Spur zu heftig gepustet, um eine Fackel daraus zu machen, und habe es ausgelöscht.

Jetzt hält mich nichts mehr zurück. Ich habe es eilig, von hier fortzukommen, aber nicht so, wie Sie es mir vorschlagen.«

»Ich werde nicht zulassen, daß man Sie tötet.«

»Wir sind alle getötet worden. Es ist so lange her, daß wir es vergessen haben.«

14.

Fühllosen Dickhäutern gleich ziehen die Tage vorbei. Atiq driftet zwischen Unzulänglichkeit und Ewigkeit. Die Stunden verlöschen schneller als Funken; die Nächte sind endlos wie die Folter. Zwischen zweierlei Maß in der Schwebe, würde er sich am liebsten zerreißen; er ist so unglücklich, daß er darüber noch den Verstand verliert. Kein Ort vermag ihn zu halten. Man sieht ihn durch die Gassen irren, mit verstörtem Blick, die Stirn von finsteren Furchen durchzogen. Im Gefängnis wagt er sich nicht mehr in den Korridor, schließt sich in seinem Verschlag ein und verschanzt sich hinter dem Koran. Nach einigen Kapiteln flüchtet er halb erstickt und erschöpft an die frische Luft und durchquert die Menschenmenge wie ein Gespenst die Finsternis. Mussarat weiß nicht, was tun, um ihm beizustehen. Kaum zu Hause, verschwindet er im Schlafzimmer, setzt sich vor ein kleines Lesepult und leiert unablässig Koranverse herunter. Wenn sie nach ihm sieht, findet sie ihn mit zugehaltenen Ohren und meckernder Stimme am Rande der Bewußtlosigkeit in seine Qualen vertieft. Sie setzt sich ihm gegenüber hin und schickt eine Fatiha zum Himmel. Kaum wird er ihrer Anwesenheit gewahr, schlägt er das Heilige Buch zu und verschwindet auf die Straße. Nicht lange, und er ist wieder da, atemlos und mit violett verfärbtem Gesicht. Er ißt fast nichts mehr, macht nachts kein Auge zu, rast hin und her zwischen dem Gefängnis, wo er es nur kurze Zeit aushält, und seinem Schlafzimmer, aus dem er schon wieder davonläuft, noch ehe er es richtig betreten hat. Mussarat ist so aufgewühlt vom Zustand ihres Mannes, daß sie darüber ganz das eigene Leid vergißt. Wenn Atiq nicht zur gewohnten Zeit zu Hause ist, wird sie von grauenhaften Visionen heimgesucht. Etwas sagt ihr, daß der Kerkermeister nicht mehr ganz klar im Kopf ist und ein Unglück schnell geschehen kann.

Eines Abends geht sie zu ihm ins Zimmer hinüber, reißt ihm fast das Lesepult weg, damit nichts zwischen ihnen steht, packt ihn resolut an beiden Handgelenken und schüttelt ihn.

»Komm zu dir, Atiq.«

Und Atiq, verstört:

»Ich habe ihr die Tür aufgesperrt und ihr gesagt, sie solle gehen. Sie hat sich geweigert, ihre Zelle zu verlassen.«

»Weil sie im Gegensatz zu dir weiß, daß man seiner Bestimmung nicht entgeht. Sie hat ihr Schicksal angenommen und fügt sich darein. Du bist es, der sich weigert, den Dingen ins Gesicht zu sehen.«

»Sie hat niemanden getötet, Mussarat. Ich will nicht, daß sie für einen Fehler bezahlt, den sie nicht begangen hat.«

»Du hast doch vor ihr schon andere sterben sehen.«

»Das beweist, daß man sich eben doch nicht an alles gewöhnt. Ich bin wütend auf mich, wütend auf die ganze Welt. Wie kann man es hinnehmen, einfach so zu sterben, bloß weil ein paar Qazi kurzen Prozeß machen wollen? Das ist doch absurd. Wenn sie schon keine Kraft mehr zu kämpfen hat, ich jedenfalls verbiete es mir, die Hände in den Schoß zu legen. Sie ist so jung, so schön … so strahlend vor Leben. Warum nur ist sie nicht gegangen, wo ich ihr die Tür doch himmelweit aufgesperrt habe?«

Mussarat hebt zärtlich sein Kinn an, fährt ihm mit der Hand durch den struppigen Bart.

»Und du, ganz ehrlich, bitte, sieh mich an, und sag mir bei deiner Ehre und deinem Gewissen, hättest du sie wirklich gehen lassen?«

Atiq erschaudert. In seinem Blick schwelt ein unerträglicher Schmerz.

»Wenn ich dir doch sage, daß ich ihr die Tür weit aufgesperrt habe.«

»Das habe ich wohl gehört, aber du, hättest du sie wirklich gehen lassen?«

»Natürlich ...«

»Du hättest zugesehen, wie sie in der Nacht davonzieht, ohne ihr hinterherzulaufen? Du hättest hingenommen, daß sie für immer verschwindet, daß du sie nie wiedersiehst?«

Atiq wankt; sein Bart liegt schwer in der zitternden Hand seiner Frau. Mussarat streichelt ihm weiter die Wange.

»Ich glaube kaum«, sagt sie zu ihm.

»Dann erklär mir doch«, stöhnt er, »um des Propheten willen, sag mir, was mir widerfährt.«

»Das Beste, was einem Menschen widerfahren kann.«

Atiq richtet den Kopf auf, so heftig, daß seine Schultern zucken.

»Was genau ist das, Mussarat? Ich möchte begreifen!«

Sie umfängt sein Gesicht mit beiden Händen. Was sie in seinem Blick liest, erschüttert sie. Ein Schauer erfaßt sie. Sie versucht dagegen anzukämpfen, umsonst; zwei dicke Tränen hängen an ihren Lidern, laufen ihr übers Gesicht und sind schon am Kinn, ehe sie noch Zeit hat, sie zurückzuhalten.

»Ich glaube, du hast endlich deinen Weg gefunden, Atiq, mein Mann. Es wird Tag in dir. Um das, was dir widerfährt, würden dich Könige und Heilige beneiden. Dein Herz lebt auf. Ich kann es dir nicht erklären. Es ist übrigens auch besser so. Diese Dinge muß man erleben, ohne sie zu erklären. Weil von ihnen nichts zu befürchten ist.«

»Was soll ich tun?«

»Geh zu ihr zurück. Ehe du ihr die Tür öffnest, öffne ihr dein Herz und laß es zu ihr reden. Sie wird ihm zuhören. Und dir folgen. Nimm sie bei der Hand, und dann geht beide so weit wie möglich fort von hier, ohne euch umzudrehen.«

»Du bist diejenige, die mich darum bittet fortzugehen, Mussarat?«

»Ich würde mich dir zu Füßen werfen, um dich davon zu überzeugen. Niemand hat das Recht, das Beste, was einem Menschen widerfahren kann, zu zerstören, und sollte er auch für den Rest seines Lebens darunter leiden. Es sind Momente, die so selten sind, daß sie allein dadurch geheiligt sind.«

»Ich werde dich niemals im Stich lassen.«

»Daran zweifle ich nicht. Aber das ist jetzt nicht die Frage. Diese Frau braucht dich. Ihr Leben hängt von deiner Entscheidung ab. Seit du sie gesehen hast, leuchten deine Augen. Sie hat ein Licht in dir entzündet. Ein anderer an deiner Stelle würde jetzt singen, daß es über die Dächer schallt. Wenn du nicht singst, Atiq, dann, weil man dir das nie beigebracht hat. Du bist glücklich, aber du weißt es nicht. Dein Glück überflutet dich, und du weißt nicht, wie du dich darüber freuen sollst. Dein Leben lang hast du nur auf die anderen gehört; auf deine Meister und Gurus, auf deine Chefs und Dämonen, die dir von Krieg, Haß und verletzter Ehre erzählten. So viel, daß es dir schon zu den Ohren rauskommt, daß dir davon die Hände zittern. Deshalb hast du heute Angst, auf dein Herz zu hören und das Glück zu packen, das dir endlich lächelt. Unter anderen Himmeln hätte deine Verwirrung längst die ganze Stadt gerührt. Aber Kabul versteht nicht viel von solcher Verwirrung. Und weil es darauf verzichtet hat, deshalb glückt ihm auch nichts, weder die Freude noch das Leid … Atiq, mein Gatte, mein Mann, du bist gesegnet. Hör auf dein Herz. Nur dein Herz kann dir von dir selbst erzählen, dein Herz allein kennt die Wahrheit. Seine Argumente sind die stärksten Argumente der Welt.

Schenk ihm Vertrauen, laß es deine Schritte lenken. Und vor allem: hab keine Angst. Denn heute Abend bist unter allen Männern du derjenige, welcher liebt ...«

Atiq beginnt zu zittern.

Mussarat nimmt sein Gesicht nochmals in beide Hände und fleht ihn an:

»Geh zu ihr zurück. Noch ist es Zeit. Mit ein wenig Glück werdet ihr beide vor Tagesanbruch jenseits der Berge sein.«

»Ich denke seit zwei Tagen und zwei Nächten über nichts anderes nach. Ich bin mir nicht sicher, ob die Idee wirklich so gut ist. Sie werden uns fangen und steinigen. Ich habe kein Recht, ihr falsche Hoffnungen zu machen. Sie ist so unglücklich und so zerbrechlich. Ich laufe im Kreis auf den Straßen herum und schmiede einen Fluchtplan nach dem anderen. Doch sobald ich sie vor mir sehe, wie sie gelassen in ihrer Ecke sitzt, zerfällt meine Überzeugung zu Staub. Dann renne ich weiter durchs Viertel, komme hierher, meine Pläne auf den Fersen, und wo ich zu Kräften komme, büße ich meine Gewißheit ein. Ich weiß nicht mehr ein noch aus, Mussarat, ich will nicht, daß man sie mir wegnimmt, verstehst du? Ich habe ihnen meine schönsten Jahre gegeben, meine verrücktesten Träume, meinen Leib und meinen Geist ...«

Und zur größten Verblüffung seiner Frau macht sich Atiq hinter seinen Knien ganz klein, und seine Schultern beginnen zu zucken ...

Atiq muß seine Vorkehrungen treffen. Morgen wird Qassim Abdul Djabbar die Gefangene holen und sie an jenen Ort verbringen, an den sich weder die Götter noch die Engel wagen. Er wechselt im Schlafzimmer die Kleider, wickelt den Turban fest ums Haupt. Die Präzision seiner Gesten sticht ab von der Reglosigkeit seines Blicks. Mussarat beobachtet ihn aus dem Hintergrund, das Gesicht zur Hälfte im Halbdunkel verborgen. Sie sagt kein Wort, als er an ihr vorübergeht, rührt sich nicht, als sie ihn den Riegel wegziehen und auf die Straße hinaustreten hört.

Es ist Vollmond. Die Sicht weit und klar. Gruppen von Schlaflosen drängen sich auf den Türschwellen der Hütten; ihr Raunen vermengt sich mit dem Gezirpe der Nacht. Hinter den Mauern wimmert ein Säugling; sein zartes Stimmchen steigt langsam zum Himmel empor, an dem Millionen von Sternen Zwiesprache halten.

Das Gefängnis duckt sich in seinen eigenen Alpträumen. Atiq spitzt die Ohren, vernimmt nichts als das Knacken des von der Hitze durchglühten Gebälks. Er zündet die Sturmlampe an; sein Schatten breitet sich unförmig an der Decke aus. Er setzt sich auf die Pritsche gegenüber dem Todeskorridor und stützt den Kopf in beide Hände. Einen Sekundenbruchteil zwickt ihn das Verlangen, nach der Gefangenen zu sehen; er widersteht der Versuchung und bleibt still sitzen. Sein Herz schlägt so heftig, daß es zu zerspringen droht. Der Schweiß rinnt ihm übers Gesicht, näßt ihm den Rücken; er rührt sich nicht. Mussarats Stimme geht ihm durch den Sinn: *Du bist im Begriff, die einzigen Momente zu durchleben, die es wert sind, gelebt zu werden ... In der Liebe werden selbst die wilden Tiere göttergleich ...* Atiq krümmt sich, um seinen Kummer einzudämmen. Doch schon beginnen seine Schultern erneut zu zucken, und ein langes Stöhnen zwingt ihn zu Boden, auf die Knie. Er wirft sich vornüber, die Stirn im Staub, und beginnt sämtliche Gebete zu rezitieren, die ihm durch den Kopf schießen ...

»Atiq ...«

Er wacht auf, vor sich den Erdboden. Er ist beim Beten eingeschlafen. Hinter ihm spiegelt sich im Fenster das erste Licht der Morgenröte.

Eine Frau im Tschadri steht vor ihm.

»Was? Die Milizionärinnen sind schon da?«

Die Frau schiebt ihre Gittermaske hoch.

Es ist Mussarat.

Atiq springt mit einem Satz auf, blickt sich um.

»Wie hast du es geschafft hereinzukommen?«

»Die Tür war offen.«

»Mein Gott! Wo hatte ich nur meinen Kopf?« Dann, allmählich zu sich kommend: »Was machst du hier? Was willst du?«

»Heute nacht ist ein Wunder geschehen«, erwidert sie. »Meine Gebete und die deinen haben sich zusammengetan, und der Herr hat sie vernommen. Ich glaube, deine Wünsche werden erhört.«

»Von welchem Wunder redest du?«

»Ich sah Tränen aus deinen Augen rinnen. Ich dachte, wenn das, was ich sehe, wahr ist, dann ist noch nicht alles verloren. Du und weinen? Sogar, als ich die Granatsplitter aus deinem Fleisch gezogen habe, habe ich es nicht geschafft, dir einen einzigen Schrei zu entlocken. Längst hatte ich mich damit abgefunden, daß dein Herz versteinert ist, daß nichts an deine Seele rühren oder dich zum Träumen bringen könnte. Tag für Tag habe ich mit angesehen, wie du zum Schatten deiner selbst wurdest, so gefühllos deinen Tiefschlägen gegenüber wie ein Fels gegenüber der Erosion, die ihn allmählich zersetzt. Der Krieg ist ein Ungeheuer, und seine Kinder kommen nach ihm. Da die Dinge nun einmal so sind, habe ich mich darein gefügt, mein Leben mit jemandem zu teilen, dessen einziger Ehrgeiz es war, dem Tod zu huldigen. So hatte ich wenigstens einen Grund zu glauben, daß mein Scheitern nicht meine Schuld sei. Und dann, heute Nacht, habe ich mit eigenen Augen gesehen, wie der Mann, den ich für rettungslos verloren hielt, den Kopf in den Händen vergrub und weinte. Ich habe mir gesagt, das ist der Beweis, daß noch ein Funken Menschlichkeit in ihm glüht. Und jetzt bin ich hier, um auf den Funken zu blasen, bis er größer und heller als das Tageslicht ist.«

»Aber was erzählst du denn da?«

»Daß mein Scheitern doch meine Schuld war. Du warst unglücklich, weil ich es nicht verstand, deinem Leben einen Sinn zu geben. Wenn es deinen Augen nicht gelang, dein Lächeln aufrichtig erscheinen zu lassen, dann lag das an mir. Ich habe dir weder Kinder noch anderen Trost geschenkt. Wenn du mich nahmst, suchten deine Arme nach jemandem, den sie nie gefunden haben. Wenn du mich ansahst, holten dich traurige Erinnerungen ein. Ich sah sehr wohl, daß ich nichts als der Schatten deines Schattens war, und schämte mich jedes Mal dafür, wenn du dich wieder abwandtest. Ich war nicht die Frau, die du liebtest, ich war die Krankenschwester, die dich gepflegt und in Sicherheit gebracht hat und die du aus Dankbarkeit geheiratet hast.«

»Deine Krankheit hat deinen Verstand befallen. Geh jetzt nach Hause, Mussarat.«

»Ich habe versucht, schön und begehrenswert für dich zu sein. Ich habe darunter gelitten, daß es mir nicht gelingen wollte. Ich bin aus Fleisch und Blut, Atiq; jeder deiner Seufzer trifft mich wie ein Peitschenhieb. Wie oft habe ich mich dabei ertappt, wie ich an deinen Kleidern schnupperte wie ein Mutterschaf, das versucht, Witterung nach dem Lamm aufzunehmen, das sich ein wenig von der Herde entfernt hat und nicht rechtzeitig zurück ist; wie oft habe ich mich versündigt, indem ich im Schicksal nicht den Heiligen Willen anerkennen wollte. Ich habe mich gefragt, warum das dir passieren mußte, warum das mir passieren mußte, aber nie, warum es uns passieren mußte.«

»Was willst du denn eigentlich?«

»Daß ein Wunder sich vollende. Als ich Tränen aus deinen Augen quellen sah, glaubte ich, der Himmel öffne sich über dem Schönsten, das er hat. Und ich sagte mir, die Frau, die solch einen Umschwung bewirken kann, die darf nicht sterben. Als du weg warst, habe ich die Stelle, an der du gesessen hast, nach einer vergessenen Träne abgesucht. Ich wollte mich darin baden, mich von allem Kummer und Leid dieser Welt reinwaschen. Und das war erst der Beginn, Atiq.«

»Ich verstehe dich nicht.«

»Warum zu verstehen suchen, was in sich selbst eine einzige Wirrsal ist? Bei uns passiert das, was eintritt, zum Nachteil dessen, was geht. Es ist nicht schlimm hinzunehmen, was man ohnehin nicht verhindern kann; Heil und Unheil hängen nicht von uns ab. Was ich sagen will, ist einfach und schmerzlich, doch es tut not, daß man es einsieht: Was ist schon das Leben? Was ist schon der Tod? Sie sind einander ebenbürtig, und löschen sich gegenseitig aus.«

Atiq weicht zurück, als Mussarat auf ihn zukommt. Sie versucht, seine Hände zu fassen; er verschränkt sie hinter seinem Rücken. Die Morgenröte erleuchtet das Gesicht der Frau. Mussarat ist völlig gelassen. Nie war ihr Gesicht so schön.

»Im Land der Irrtümer, die kein Bedauern kennen, sind Hinrichtung oder Begnadigung nicht das Ergebnis gründlicher Beratung, sondern Ausdruck purer Willkür. Du wirst ihr sagen, daß du dich bei einem einflußreichen Mullah für sie verwandt hast. Keine Einzelheiten. Sie braucht nicht zu wissen, was passiert ist. Bald werden sie sie holen kommen, dann schließ sie in deinem Büro ein. Ich werde in ihre Zelle schlüpfen. Das wird nie etwas anderes gewesen sein als ein Tschadri, der einen anderen ersetzt. Kein Mensch wird sich die Mühe machen, die Identität der Person, die sich darunter verbirgt, zu überprüfen. Es wird reibungslos über die Bühne gehen, du wirst schon sehen.«

»Du bist völlig verrückt.«

»Ich bin so oder so zum Tode verurteilt. In ein paar

Tagen, spätestens ein paar Wochen, wird die Krankheit, die mich verzehrt, mich hinwegraffen. Ich will mein Sterben nicht nutzlos in die Länge ziehen.«

Atiq packt das Entsetzen. Er stößt seine Frau zurück, fleht sie mit ausgestreckten Händen an zu bleiben, wo sie ist.

»Was du da sagst, hat keinen Sinn.«

»Du weißt ganz genau, daß ich recht habe. Der Herr hat es mir eingegeben: Diese Frau wird nicht sterben. Sie wird dir alles sein, was ich dir niemals schenken konnte. Du ahnst nicht, wie glücklich ich heute morgen bin. Tot werde ich dir mehr nützen als lebendig. Ich flehe dich an, vertu diese Chance nicht, die das Schicksal dir endlich gewährt. Hör einmal auf mich ...«

15.

Qassim Abdul Djabbars Geländewagen hält mit quietschenden Bremsen vor dem Gefängnis, dicht hinter ihm ein Kleinbus voller Frauen und Kinder, der allerdings lieber auf der anderen Straßenseite parkt, als wolle er dem Bannstrahl des Bösen, das den unheilvollen Bau umwittert, entgehen. Atiq Shaukat schlüpft hinaus auf den Korridor und drückt sich gegen die Wand, die zitternden Hände hinterm Gesäß versteckt, die Augen niedergeschlagen, um die Heftigkeit seiner Gefühle nicht zu verraten. Er hat Angst, und er friert. Es rumort unablässig in seinen Eingeweiden, die zum Zerreißen verknotet sind, und stechende Krämpfe martern seine Beine. Dumpf hämmert in seinen Schläfen das Blut, wie Keulenschläge im Stollen eines Bergwerks. Er preßt die Kiefer zusammen und hält den Atem an, der immer unbeherrschter geht, um die aufsteigende Panik niederzukämpfen.

Draußen auf der Straße räuspert sich Qassim. Seine Art, sich anzukündigen. Heute früh hat sein Gegurgel etwas Monströses. Man hört Blech scheppern, dann Leute aussteigen. Schatten huschen über den Boden, auf den ein greller Lichtstrahl fällt. Zwei Milizsoldatinnen dringen in das Gebäude ein, das in ungesunde Finsternis getaucht ist, eiskalt und feucht trotz der heraufziehenden Gluthitze des Tages. Wortlos rauschen sie am Wärter vorbei, mit martialischem Schritt, steuern schnurstracks auf die Zelle am Ende des Gangs zu. Dann kommt Qassim herein. Seine kolossale Statur füllt den Türrahmen aus und läßt das Halbdunkel noch dämmriger wirken. Er stemmt die Fäuste in die Hüften, dreht den Kopf, nach rechts, nach links, verrenkt betont übertrieben seine Glieder und geht schließlich auf den Wärter zu, wobei er so tut, als ob er sich für einen Riß an der Decke interessiere.

»Kopf hoch, Kriegsmann. Du wirst dir noch den Nakken verknacksen, und dann kannst du dich nicht mehr anständig im Spiegel betrachten.«

Atiq stimmt ihm zu, ohne sich zu rühren.

Die Milizionärinnen kommen mit der Gefangenen zurück. Die beiden Männer machen Platz, um sie durchzulassen. Qassim, der aus dem Augenwinkel seinen Freund beobachtet, hüstelt in die Faust.

»Es ist schon vorbei«, läßt er vernehmen.

Atiq zieht den Hals noch ein bißchen mehr ein, während ihn eine Welle von Schauern durchläuft.

»Du mußt unbedingt mit mir kommen«, drängt Qassim. »Ich muß einiges mit dir besprechen.«

»Ich kann nicht.«

»Was hält dich denn ab?«

Da der Kerkermeister die Antwort schuldig bleibt, sieht Qassim sich um und glaubt in einer Ecke des Kabuffs eine Silhouette zu erkennen.

»Da ist jemand in deinem Büro.«

Atiq spürt, wie seine Brust sich verkrampft und es ihm die Kehle zuschnürt.

»Meine Frau.«

»Ich wette, sie will mit ins Stadion kommen.«

»Genau, ja ja … genau so ist es.«

»Meine Gattinnen und meine Schwestern auch. Sie haben mich gezwungen, den Minibus zu requirieren, der da draußen steht. Na, daran soll's nicht liegen. Sag ihr, sie soll sich ihnen anschließen. Du kannst sie dann hinterher am Ausgang des Stadions abholen. Was dich betrifft, du kommst jetzt mit mir mit. Ich muß dir unbedingt von einem Projekt erzählen, an dem mir viel liegt.«

Atiq schwirrt der Kopf. Er versucht, rasch nachzudenken, aber Qassims Polterstimme hindert ihn, sich zu konzentrieren:

»Was ist denn los? Bist du mir böse?«

»Ich bin dir nicht böse.«

»Was denn dann?«

Überrumpelt schleppt Atiq sich ins Büro, die Augen halb geschlossen, versucht er, seine Gedanken zu sortieren. Um ihn herum überstürzen sich die Ereignisse, überfordern ihn, werfen ihn aus der Bahn. Er hatte einen anderen Lauf der Dinge vorhergesehen, und nichts davon hat sich erfüllt. Noch nie kam ihm Qassims Blick so scharf und wach vor. Der Schweiß bricht ihm überall zugleich aus. Ein beginnender Schwindel bringt ihn in Atemnot, säbelt ihm die Beine weg. Er bleibt auf der Schwelle stehen, meditiert zwei Sekunden lang und zieht die Tür hinter sich zu. Die Frau, die auf dem Feldbett sitzt, fixiert ihn. Ihren Blick kann er nicht erkennen, doch ihre Starre verstärkt sein Unbehagen.

»Siehst du?« stottert er. »Der Himmel hat uns erhört: Du bist frei. Der Mann, der draußen wartet, hat es gerade bestätigt. Es wird dir nichts mehr zur Last gelegt. Du kannst schon heute nach Hause zurück.«

»Wer sind die Frauen, die ich im Korridor habe vorbeigehen sehen?«

»Das ist ein Frauengefängnis. Sie haben öfters hier zu tun.«

»Hat man eine Gefangene gebracht?«

»Das ist jetzt nicht mehr dein Problem. Das Fenster nach gestern ist geschlossen, öffnen wir das Fenster nach morgen. Du bist frei. Nur das zählt.«

»Kann ich jetzt gehen?«

»Natürlich. Aber vorher werde ich dich zu anderen Frauen bringen, in einen Kleinbus, der draußen auf der Straße wartet. Du brauchst ihnen nicht zu sagen, wer du bist noch woher du kommst. Sie dürfen das nicht erfahren … Der Bus wird euch am Stadion absetzen, wo eine offizielle Feier im Gange ist.«

»Ich will aber nach Hause.«

»Pst! Sprich nicht so laut.«

»Ich habe keine Lust, ins Stadion zu gehen.«

»Das ist obligatorisch … Es dauert nicht lange. Nach dem Meeting werde ich am Ausgang auf dich warten und dich in Sicherheit bringen.«

Draußen auf dem Gang räuspert Qassim sich, um dem Wärter zu bedeuten, daß es Zeit zum Aufbruch ist.

Zunaira erhebt sich. Atiq begleitet sie zum Bus und nimmt dann im Geländewagen neben Qassim Platz. Nicht ein Mal hat er zu den beiden Milizsoldatinnen und ihrer Gefangenen hinübergeschaut, die hinten im Wagen sitzen.

Die Ansprachen der Mullahs, die von zahlreichen Lautsprechern übertragen werden, hallen durch die Trümmerlandschaft. Von Zeit zu Zeit vibriert das Stadion vor Ovationen oder hysterischem Gejohl. Die Menge strömt noch immer von allen Enden der Stadt herbei. Trotz der Verstärkung des Sicherheitscordons durch die Ordnungskräfte herrscht in der Umgebung unkontrolliertes Durcheinander. Qassim dirigiert zunächst den Kleinbus zu einer weniger stark belagerten Tür, läßt die Frauen aussteigen und vertraut sie Milizionärinnen an, die ihnen ihren Platz auf der Tribüne anweisen. Als er sieht, daß alles seine Ordnung hat, klettert er wieder in den Geländewagen und braust über den Rasen, auf dem waffenstarrende Taliban enthusiastisch ihrer Aufgabe nachgehen. Einige Körper, die hier und da an Stricken baumeln, zeugen davon, daß die öffentlichen Hinrichtungen bereits begonnen haben. Auf den überfüllten Rängen herrscht dichtes Gedränge. Viele sind nur gekommen, um Ärger zu vermeiden und wohnen dem Horror reglos bei. Andere, die sich absichtlich in nächster Nähe zur Tribüne aufgebaut haben, auf der sich die Würdenträger der Apokalypse räkeln, lassen nichts unversucht, sich mit Armen und Beinen fuchtelnd bemerkbar zu machen; ihr überschwengliches, ja morbides Jubelgeschrei, ihr schrilles Gegröl widert sogar die Gurus an. Atiq springt zu Boden, bleibt wie angewurzelt vor dem Fahrzeug stehen und läßt den für die Frauen reservierten Bereich nicht aus den Augen; in jeder einzelnen Frau glaubt er Zunaira zu erkennen. Völlig in seinem Wahn befangen, mit Knoten in Bauch und Kopf, hört er weder den Applaus noch die Predigten der Mullahs. Er scheint auch nicht die Millionen von Zuschauern zu sehen, welche die Ränge raubtiergleich bevölkern, mit Visagen, noch ungenießbarer als ihre Bärte. Mit glühendem Blick versucht er zu erraten, wo sich sein Schützling befindet, und verbannt den Rest der Welt ins Nichts. In einem Flügel der Arena kommt es zum Tumult, der düsteres Geheul auslöst. Schergen stoßen einen »Verfluchten« seinem Schicksal entgegen, das ihn in Gestalt eines Mannes mit dem Messer in der Faust erwartet. Die Klinge blitzt auf, bevor sie ihm die Kehle durchtrennt. Auf den Rängen brandet hier und da Applaus für die Geschicklichkeit des Scharfrichters auf. Der blutende Leichnam wird auf eine Trage geworfen; der Nächste bitte! Atiq ist derart auf die Tschadri-Reihen, die wie ein blaues Bollwerk über ihm schweben, konzentriert, daß er gar nicht merkt, wie die Milizsoldatinnen ihre Gefangene packen. Diese geht bis zur Rasenmitte vor, dann bewegt sie sich, von zwei Männern eskortiert, an den Ort, den man ihr zugedacht hat. Eine Stimme herrscht sie an, niederzuknien. Sie gehorcht, und als sie ein letztes Mal die Augen hinter der Gittermaske aufschlägt, erblickt sie Atiq, der ihr den Rücken zukehrt, dort drüben neben dem Geländewagen. In dem Moment, als sie den Gewehrlauf an ihrem Hinterkopf spürt, fleht sie zum Himmel, daß der Kerkermeister sich nicht umdrehen möge. Schon geht der Schuß los, und trägt in seiner Gotteslästerung ein unvollendetes Gebet mit sich fort.

Atiq hat keine Ahnung, ob die Zeremonie ein paar Stunden oder eine ganze Ewigkeit gedauert hat. Die Bahrenträger haben schon fast alle Leichen auf den Anhänger eines Traktors gestapelt. Eine besonders zündende Predigt beschließt die »Festlichkeiten«. Auf der Stelle wird der Rasen von Tausenden von Gläubigen zum großen Gebet überschwemmt. Ein Mullah vom Gebaren eines Sultans leitet das Ritual, während tobende Schergen den Nachzüglern Beine machen. Sobald die Ehrengäste aufgebrochen sind, formieren sich die wimmelnden Horden zu wogenden Wellen, die allesamt den Ausgängen zuströmen. Es kommt zu einem unvorstellbaren Gedränge, so ungestüm, daß die Ordnungskräfte genötigt sind, sich zurückzuziehen. Als die Tschadris ihrerseits die Ränge verlassen, bekommt Atiq gerade Anschluß an einen Trupp Männer auf der Straße. Da steht Qassim, die Hände auf den Hüften, sichtlich zufrieden mit seiner Leistung. Er ist überzeugt, daß sein Beitrag zum guten Ablauf der öffentlichen Hinrichtungen den Gurus nicht entgangen ist. Er sieht sich schon an der Spitze des größten Gefängnisses des Landes.

Die ersten Frauen verlassen bereits das Stadion und werden schleunigst von ihren Männern aufgelesen. In mehr oder weniger einheitlichen Grüppchen entfernen sie sich, manche unter ihnen von ihrem Nachwuchs umringt. Der Lärmpegel sinkt im selben Maße, wie die Umgebung sich der Menschenmassen entledigt. Die Menge löst sich auf dem Rückweg in die Stadt im Staub auf, wird zerstückelt von den LKW der Taliban, die in chaotischem Reigen hintereinander herjagen.

Qassim erkennt seinen Harem inmitten der Menge wieder; mit einem Kopfnicken dirigiert er sie zum Bus, der unter einem Baum auf sie wartet.

»Wenn du willst, kann ich euch zu Hause absetzen, dich und deine Frau.«

»Ist nicht nötig«, erwidert Atiq.

»Der Umweg würde mir nichts ausmachen.«

»Ich habe noch etwas in der Stadt zu erledigen.«

»Na gut, soll mir recht sein. Ich hoffe, du denkst über meine Vorschläge nach.«

»Natürlich ...«

Qassim verabschiedet sich und eilt seinen Frauen hinterher.

Atiq wartet weiter auf die seine. Um ihn herum schrumpft der Haufen sichtbar zusammen. Bald leistet ihm nur noch ein kleiner Trupp rauher Kerle Gesellschaft, doch nur wenige Minuten, dann verschwinden auch sie, in ihrem Windschatten die raschelnden Tschadris. Als Atiq wieder zu sich kommt, stellt er fest, daß kein Mensch mehr auf dem Platz ist. Am Himmel überall Staub, das Tor zum Stadion weit geöffnet, und ringsum Schweigen; ein elendes Schweigen, abgrundtief. Atiq sieht sich um, ungläubig, völlig desorientiert; er ist wahrhaftig allein. Panik packt ihn, er stürzt ins Gemäuer zurück. Verlassen liegen der Rasen, die Ränge, die Tribüne da. Er weigert sich zu glauben, was er sieht, und rennt zu der Stelle, wo eben noch die Frauen waren. Außer dem in seiner Blöße erbärmlichen Stein: nichts und niemand. Er kehrt auf den Rasen zurück und beginnt wie besessen draufloszurennen. Der Boden wellt sich unter seinem Tritt. Die öden Ränge beginnen sich zu drehen, leer, leer, leer. Einen Moment lang zwingt ihn die Übelkeit, anzuhalten. Doch alsbald setzt er seinen verzweifelten Lauf fort, während sein keuchender Atem das Stadion, die Stadt, das ganze Land zu überfluten droht. Benommen, entsetzt, mit einem Herzen, das ihm aus dem Hals springen will, kehrt er zur Mitte des Rasens zurück, an die Stelle, wo eine geronnene Blutlache ist, stützt den Kopf in beide Hände und sucht beharrlich Tribüne um Tribüne ab. Plötzlich kommt ihm das Ausmaß der Stille zu Bewußtsein, seine

Waden werden weich, er stürzt auf die Knie. Sein Schrei, der Schrei eines tödlich getroffenen Tieres, hallt im Stadion wider, so grauenvoll wie der Zusammenbruch eines Titanen: »*Zunaira!*«

Am schwefelgrünen Himmel machen sich die ersten Streifen der Nacht daran, die Dämmerung zu überziehen. Schon ducken sich die letzten Lichter des Tages oben auf den Stufen, während die Schatten mit tückischen Tentakeln ihre Schärpen am Boden ausbreiten, um die Finsternis aufzunehmen. In der Ferne ersterben die Geräusche der Stadt. Und im Stadion, das schon bald von einem gespenstischen Wind heimgesucht wird, hüllen sich die steinernen Sitze in Grabesstille. Atiq, der wie noch nie in seinem Leben gebetet und gewartet hat, gibt endlich auf und hebt den Kopf. Das armselige Rund bringt ihn zur Einsicht; zwischen diesen bleichen Mauern hat er nichts mehr verloren. Mit der Hand stützt er sich am Boden ab und steht auf. Zögernd wagt er einen Schritt, dann zwei, und gelangt mehr schlecht als recht bis zum Tor. Draußen ballt sich die Schwärze des Abends am Fuß der Ruinen. Bettler tauchen aus ihren Löchern auf, die Stimme matt genug, um ihr Gejammer glaubwürdig klingen zu lassen. Weiter hinten setzen Jungen mit hölzernen Schwertern und Gewehren die Zeremonie vom Vormittag fort; sie haben ein paar Kumpel auf einem zerbombten Platz gefesselt und schicken sich an, sie zu exekutieren. Alternde Nichtstuer sehen ihnen lächelnd zu; die Echtheit der Nachahmung rührt und belustigt sie. Atiq geht, wohin seine Schritte ihn tragen. Er hat den Eindruck, auf einer Wolke zu laufen. In seinem ausgedörrten Mund ein einziger Name, unhörbar, doch beharrlich bis zur Besessenheit: *Zunaira*. Er kommt am Gefängnis vorbei, dann am Haus des alten Nazish. Die Nacht überfällt ihn in den Tiefen einer Gasse, die sich blind durch Trümmer schlängelt. Verschwommene Silhouetten kreuzen seinen Weg. Als er zu Hause ankommt, lassen ihn seine Beine ein zweites Mal im Stich, und er bricht im Patio zusammen.

Atiq liegt auf dem Rücken und betrachtet den Mond. Am heutigen Abend ist er vollkommen rund. Wie ein silbriger Apfel, der in der Luft schwebt. Als er klein war, verbrachte er lange Momente damit, in den Mond zu sehen. Er saß auf einem Erdhügel weitab der elterlichen Behausung, versuchte zu verstehen, wie ein derart schwerer Stern im Weltraum schweben konnte, und fragte sich, ob es dort wohl Geschöpfe gäbe, die den Bewohnern seines Dorfes ähnlich ihre Felder bestellten und ihre Ziegen hüteten. Einmal kam sein Vater, um ihm Gesellschaft zu leisten. Das sei nur die Sonne, erzählte er ihm, die, nachdem sie den ganzen Tag lang herumstolziert sei, den Eifer so weit getrieben habe, die Geheimnisse der Nacht enthüllen zu wollen. Und was sie da sah, war derart unerträglich, daß sie darüber ihre ganze Glut verlor.

Lange hatte Atiq diese Geschichte geglaubt.

Eigentlich glaubte er selbst heute noch daran. Was gibt es so Schlimmes auf der anderen Seite der Nacht, daß die Sonne darüber all ihr Feuer einbüßt?

Er nimmt seine letzten Kräfte zusammen und schleppt sich ins Haus. Sein Arm tastet sich voran, wirft die Lampe um. Er zündet sie nicht an. Er weiß, das geringste Licht wäre seinen Augen unerträglich. Seine Finger gleiten über die Wand, erreichen den Türrahmen, der zum Zimmer seiner Frau führt. Er sucht nach dem Strohsack, läßt sich darauffallen, die Kehle voller Schluchzer, greift nach der Decke und umarmt sie, als wolle er daran ersticken.

»Mussarat, meine arme Mussarat, was hast du uns da nur angetan?«

Er streckt sich auf dem Lager aus, winkelt die Knie an und macht sich ganz, ganz klein …

»Atiq …«

Er schreckt hoch.

Eine Frau steht mitten im Raum. Ihr Tschadri schimmert milchig in der Dunkelheit. Atiq ist wie geblendet. Er reibt sich kräftig die Augen. Sie ist noch immer da, an derselben Stelle, schwebend inmitten eines diffusen Lichts.

«Ich glaubte, du seist für immer fort, ich dachte, ich würde dich nie wiedersehen«, stammelt er und versucht aufzustehen.

»Du hast dich geirrt …«

»Wo warst du denn? Ich habe überall nach dir gesucht …«

»Ich war nicht weit weg … ich habe mich versteckt.«

»Ich wäre beinahe verrückt geworden.«

»Jetzt bin ich ja da.«

Atiq klammert sich an die Wand, um hochzukommen. Er zittert wie Espenlaub. Die Frau breitet die Arme aus.

»Komm«, sagt sie.

Er eilt zu ihr und schmiegt sich eng an sie. Wie ein Kind, das seine Mutter wiederhat.

»Oh, Zunaira, Zunaira, was wäre ohne dich aus mir geworden?«

»Die Frage stellt sich jetzt nicht mehr.«

»Ich hatte solche Angst.«

»Weil hier solche Dunkelheit herrscht.«

»Ich habe bewußt kein Licht gemacht. Und ich will auch keines machen. Dein Gesicht würde mir heller leuchten als tausend Kandelaber. Bitte nimm den Schleier ab, laß mich von dir träumen.«

Sie tritt einen Schritt zurück und schiebt den Gesichtsschleier hoch. Atiq schreit entsetzt auf und weicht zurück. Das ist nicht mehr Zunaira; es ist Mussarat, und die Hälfte ihres Gesichts ist von einem Gewehrschuß weggerissen.

Heulend wacht Atiq auf, die Hände weit von sich gestreckt, um den Horror wegzustoßen. Schweißgebadet, mit hervorquellenden Augen, braucht er eine Weile, um zu begreifen, daß das Ganze ein Alptraum war.

Draußen graut schon der Tag, und dazu alles Elend der Welt.

Wie ein Phantom erscheint Atiq auf dem Friedhof der Stadt. Ohne seinen Turban, ohne seine Peitsche. Mit rutschender Hose, die nur noch notdürftig von einem schlechtsitzenden Gürtel gehalten wird. Ohne eigentlich vorwärtszukommen, schleppt er sich dahin, mit verdrehten Augen und schweren Schritts. Seine Schnürsenkel hinterlassen schlangenartige Schnörkel im Staub; sein rechter Schuh ist zerrissen und gibt den Blick auf einen blutverschmierten, lädierten Zeh mit gebrochenem Nagel frei. Er muß irgendwo ausgerutscht sein, denn seine rechte Seite ist verdreckt und sein Ellenbogen aufgeschürft. Es ist, als ob er betrunken wäre, als ob er nicht wüßte, wohin er geht. Ab und zu bleibt er stehen, sucht an einer Mauer Halt, den Rücken gebeugt, die Hände auf die Knie gestützt, schwankt irgendwo zwischen Brechreiz und Atemnot. Sein Gesicht, von der Schwermut und einem struppigen Bart verdüstert, ist so zerknautscht wie eine matschige Quitte, die Stirn wundgeschürft, die Lider geschwollen. Sein Jammer ist himmelschreiend, seine Zerrüttung vollständig. Die wenigen Leute, die seinen Weg kreuzen, werfen ihm furchtsame Blicke zu; manche weichen ihm in großem Bogen aus, und die Jungs, die hier und da spielen, behalten ihn sorgsam im Auge. Atiq ist sich des Grauens, das er erregt, nicht bewußt. Sein Kopf lastet schwer auf seinen Schultern, seine Bewegungen sind fahrig und konfus; nur undeutlich erkennt er das Wegegeflecht. Seit drei Tagen hat er nichts mehr zu sich genommen. Fasten und Kummer haben ihn entkräftet. In seinen Mundwinkeln ist weißlicher Schleim eingetrocknet; unablässig schneuzt er sich in die Hand. Er muß sich mehr als nur einen Ruck geben, bevor er sich von der Mauer löst und seinen Weg fortsetzt. Seine Waden schlottern unter seinem schlaffen Rumpf. Schon zweimal hat eine Gruppe von Taliban ihn angehalten und der Trunkenheit verdächtigt; einer hat ihn sogar geschlagen und ermahnt, unverzüglich nach Hause zu gehen. Atiq hat das noch nicht einmal gemerkt. Kaum freigelassen, hat er, als folgte er einem fernen Ruf, den Weg zum Friedhof fortgesetzt.

Um ein frisches Grab herum ist eine Gruppe von Frauen in Lumpen und Kindern mit schmutzstarrenden Gesichtern versammelt. Weiter hinten versucht ein Maultiertreiber das Rad seines Karrens zu reparieren, das ein dicker Stein aus der Achse gedrückt hat. Ein paar ausgemergelte Hunde schnüffeln mit erdiger Schnauze und gespitzten Ohren über die Pfade. Atiq schwankt zwischen Erdhügeln ohne Grabstein noch Inschrift umher, die sich wie rissige Beulen im Niemandsland wölben; einfache Gruben voll Staub und Geröll, querbeet ausgehoben, in einem besorgniserregenden Durcheinander, das der Tristesse des Ortes eine tragische Note verleiht. Atiq verharrt hier und da vor den eingefallenen Gräbern, hockt sich hin, um sie mit ausgestrecktem Finger zu betasten, steigt über sie hinweg oder stolpert murmelnd darüber hin. An einer Biegung wird ihm bewußt, daß er Mussarats letzte Ruhestätte gar nicht erkennen kann, da er nicht weiß, wo sie liegt. Da sieht er einen Totengräber, der gerade in ein Stück Dörrfleisch beißt, schräg gegenüber, und geht ihn fragen, wo die Frau begraben sei, die am Vortag im städtischen Stadion öffentlich hingerichtet worden ist. Der Totengräber zeigt auf einen Berg Staub, einen Steinwurf entfernt, und setzt mit Appetit seine Mahlzeit fort.

Atiq bricht vor dem Grab seiner Frau zusammen. Stützt den Kopf in beide Hände. Und harrt so bis spät in den

Nachmittag aus. Ohne ein Wort. Ohne ein Stöhnen. Ohne ein Gebet. Beunruhigt kommt der Totengräber nachsehen, ob der seltsame Besucher noch wach ist. Er bedeutet ihm, daß die Sonne gnadenlos brennt und er, wenn er nicht den Schatten aufsucht, mächtig Gefahr läuft, darunter zu leiden. Atiq begreift nicht, was man ihm vorwirft. Er starrt weiter reglos auf das Grab seiner Frau. Dann, irgendwann, erhebt er sich, halb blind, mit sirrendem Kopf, und verläßt den Friedhof, ohne sich umzudrehen. Bald an einer Mauer, bald an einem Strauch Halt suchend, so irrt er durch die Gassen. Da geschieht es, daß eine Frau, die aus einer Hütte heraustritt, ihn schlagartig fast wieder nüchtern werden läßt. Sie trägt einen verblichenen, löchrigen Tschadri und ausgetretene Schuhe. Atiq baut sich in der Mitte der Gasse auf, um sie abzufangen. Die Frau weicht seitlich aus, Atiq erwischt sie am Arm und versucht sie festzuhalten. Sie schüttelt ihn ab und flieht ... »*Zunaira!*« ruft er ihr nach, »*Zunaira!*« ... Die Frau bleibt am Ende der Gasse stehen, mustert ihn neugierig und huscht davon. Atiq hastet hinterher, um sie einzufangen, den Arm ausgestreckt, als wolle er nach Rauchkringeln haschen. In einer anderen Gasse entdeckt er eine andere Frau auf der Schwelle einer Ruine. Als sie ihn kommen sieht, geht sie hinein und schließt die Tür. Atiq wendet sich um und sieht einen gelben Tschadri dem Platz zu huschen. Er folgt ihm, die Hand noch immer ausgestreckt. »*Zunaira, Zunaira ...!*« Die Kinder auf seinem Weg springen erschrocken zur Seite; ihnen graut vor dem wüsten Kerl mit den hervorspringenden Augen und den blauen Lippen, der seinem eigenen Wahnsinn hinterherzujagen scheint. Der gelbe Tschadri bleibt auf Höhe eines Hauses stehen. Atiq rast auf ihn zu, bekommt ihn genau in dem Moment zu fassen, als eine Tür sich öffnet. »*Wo warst du denn nur? Ich habe am Ausgang vom Stadion auf dich gewartet, wie verabredet, und du bist nicht gekom-*

men ...« Der gelbe Tschadri versucht, sich den Krallen, die an ihm zerren, zu entwinden ... *»Ihr seid ja verrückt. Laßt mich los, oder ich schreie ...« – »Dieses Mal lasse ich dich nicht mehr allein, Zunaira. Wenn du nicht imstande bist, mich wiederzufinden, dann sollst du mich nicht mehr suchen müssen ...« – »Ich bin nicht Zunaira. Verschwindet, Unglücklicher, sonst werden meine Brüder Euch töten ...« – »Schieb deinen Schleier fort. Ich will dein Gesicht sehen, dein schönes Antlitz einer Huri ...«* Der Tschadri opfert eine Stoffbahn und huscht davon. Ein paar Jungen, die die Szene beobachtet haben, sammeln Steine auf und beginnen, den Verrückten so lange zu bombardieren, bis er den Rückzug antritt. Ein Geschoß hat ihn an der Schläfe erwischt, das Blut quillt aus der Wunde und rinnt über sein Ohr herab. Atiq fängt an zu laufen, erst in kleinen Schritten, aber je näher er dem Platz kommt, um so weiter holt er aus; sein Atem geht rasselnd, seine Nase läuft, und er hat Schaum vorm Mund. *»Zunaira, Zunaira«*, stammelt er und rempelt alle Welt an auf seiner Suche nach einem Tschadri. Plötzlich beginnt er wie rasend den Frauen nachzusetzen und ihnen – o Frevel – die Schleier überm Gesicht wegzuziehen. *»Zunaira, ich weiß, du bist da. Komm doch aus deinem Versteck. Du hast nichts zu befürchten. Niemand wird dir etwas antun. Ich habe für alles gesorgt. Ich lasse nicht zu, daß dich jemand belästigt ...«* Rufe der Entrüstung werden laut. Er nimmt sie nicht wahr. Seine Hände grabschen sich Schleier um Schleier, reißen sie erbittert weg, stoßen mitunter die überrumpelten Frauen um. Manch eine, die ihm Widerstand leistet, wirft er zu Boden, schleift sie durch den Staub und läßt sie nicht eher los, als bis er sich Gewißheit verschafft hat, daß es sich nicht um das Objekt seiner Begierde handelt. Ein erster Stockhieb trifft ihn im Nacken. Er wankt und weicht nicht. Von einer übernatürlichen Macht getrieben, setzt er seinen entfesselten Lauf fort. Bald setzt die empörte Menge alles daran, ihm Einhalt zu gebieten. Die Frauen stieben schreiend auseinander; er bekommt einige zu fassen, zerreißt ihre Kleidung und zieht sie an den Haaren, um ihnen besser ins Gesicht sehen zu können. Auf den Knüppel folgen die Peitschen, dann Fausthiebe und Fußtritte. Die »entehrten« Männer trampeln über ihre Frauen hinweg, um sich auf den Verrückten zu werfen ... *»Dämon! Handlanger des Satans!«* Atiq hat das vage Gefühl, daß ihn eine Lawine mitreißt. Tausend Schuhe poltern auf ihn ein, tausend Stöcke, tausend Peitschen. *»Sittenloser! Verfluchter!«* Vom Tumult zermalmt, bricht er zusammen. Eine tobende Meute stürzt sich auf ihn, um ihn zu lynchen. Ihm bleibt gerade noch Zeit festzustellen, daß sein Hemd verschwunden ist, zerfetzt von zerstörerischen Fingern, daß das Blut ihm machtvoll über Brust und Arme strömt, daß seine aufgeplatzten Brauen ihm den Blick auf den Volkszorn, der über ihn hereinbricht, verstellen. Ein paar Fetzen Gebrüll halten ihn zusammen mit all den Tritten und Hieben am Boden: *»Den muß man hängen!« »Den muß man kreuzigen!« »Den muß man bei lebendigem Leibe verbrennen!«* ... Plötzlich geht ein heftiger Ruck durch seinen Kopf, und ringsum wird alles schwarz. Dann folgt ein Schweigen, ernst und tief. Während er die Augen schließt, fleht Atiq zu seinen Vorfahren, sein Schlaf möge so undurchdringlich sein wie die Geheimnisse der Nacht.